— 書き下ろし長編官能小説 —

ときめきの終電逃し

八神淳一

竹書房ラブロマン文庫

目次

この作品は、竹書房ラブロマン文庫のために
書き下ろされたものです。

第一章　自宅残業は浴室で

1

「お邪魔します」

近藤隆史《こんどうたかふみ》が少し緊張しながら玄関で靴を脱ぐと、名波麗子《ななみれいこ》は、どうぞ、と奥へ先導するように部屋に入っていった。部屋は入ってすぐがキッチンになっていて、その先がリビングという作りだ。

キッチンのわきを通っている時から、隆史は幸せな気分になっていた。部屋の中には麗子係長の匂いがむんむんしているのだ。

リビングはフローリングの小綺麗《こぎれい》な部屋で、なかなか広い。壁にドアが一つあるが、1LDKだそうなので、あの向こうに寝室があるのだろう。

「空気入れ替えるね」

と言って、麗子がカーテンを開き、窓を開けようとする。

隆史は思わず、そのままで、と言いそうになった。麗子の匂いがこもった空間が最高なのに、わざわざ外の空気を入れることはないのだ。

窓が開かれ、初夏の夜のさわやかな空気が入ってくる。

「適当に座って」

と言って、麗子がジャケットを脱ぐ。

ああ、麗子係長のブラウス姿だっ。

係長は会社の中ではめったにジャケットを脱ぐことがなく、ブラウス姿は男性社員の間ではレアとされている。

企画部に配属になって三年になるが、隆史も初めて見た。

やっぱり、でかいな。

いやでも目立つ胸元だ。名波麗子は隆史が勤めるN文具一の隠れ巨乳と噂されていたが、噂通りだと思った。

やがてキッチンから、コーヒーのいい香りがしてきた。

ああ、俺のために麗子係長がコーヒーを淹《い》れてくれているんだ。いや違うか。あくまで自分が飲むためで、隆史はついでだろう。いや、それでもいい。こうして麗子の部屋に入り、コーヒーをご馳走になるだけでも、極上だった。

麗子がコーヒーカップをふたつ載《の》せたお盆を手に戻ってきた。

「あら、近藤くんもジャケットを脱いだらいいのに」

低めの丸テーブルにコーヒーカップを置くと、麗子が手を伸ばしてきた。その動きでブラウスがぴたっと貼り付き、さらに巨乳が強調される。

「どうしたの？　脱いで」

脱ぐ……まさか、俺とエッチしたいのかっ……いや、違うだろう。

「せっかく私の家に来たんだもの。リラックスした方が仕事は捗《はかど》るわ」

「は、はい、すいません……」

隆史はジャケットを脱ぎ、麗子に渡す。すると麗子はそれを自分のジャケットといっしょに持って、隣の部屋へと入っていく。

隣室のドアが開いた拍子に、ちらりとベッドが見えた。やっぱり隣は寝室なのだ。

麗子がいつも寝ているベッドを目にするだけで、ドキドキする。

麗子がジャケットを寝室のハンガーに掛けて、戻ってくる。

彼女の今日の装いはスカートだった。普段から麗子はタイトスカートを好んで穿《は》いているので、N文具の男性社員は皆、麗子のヒップラインを知っている。

もちろん、隆史も見られる時にはガン見していた。

今日のスカートは膝上十五センチほどのややミニ寄りのもの。麗子にしては珍しい。今日は朝から快晴だったから、短かめにしたのだろうか。

「座って」

と麗子がリビングの真ん中の丸テーブルの前を指差す。そして自分も、ラグが敷かれた床に足を斜めに流す形に座った。

リビングにソファーもあったが、丸テーブルは低く、床にじか座りするしかない。

失礼します、と言って、隆史は正座をする。

ふと見れば、丸テーブルの向こうで、ストッキングに包まれた太腿《ふともも》が露《あら》わになっていた。ミニ丈《たけ》がたくしあがり、かなりの部分の太腿が露出《ろしゅつ》している。

自分の家の中だからか、麗子は気にしている様子はない。トートバッグからノートパソコンを取り出すと、起動させ、ディスプレイを見つめる。

隆史もバッグからノートパソコンを取り出し、開いた。

隆史がここに来たのは、次回の文具博に向けての企画書を作成するためだ。プレゼンは明日に迫っていて、いつもなら、会社で徹夜も厭《いと》わないのだが、このところの働き方改革で残業は良しとされないため、麗子が自宅で続きをやりましょう、と部下の隆史を誘ったのだった。

強制ではなかったが、隆史は二つ返事でＯＫし、新宿から私鉄で三十分、そして徒歩十分のところにある麗子のマンションへ来たというわけだった。

自宅残業に誘われたのは、夕方のことだった。なかなか資料作りが終わらないな、と思いつつ給湯室でコーヒーを飲んでいると、麗子がやってきて、すうっと美貌を寄せると耳元で、

「残業おねがいできないかしら」

と囁いたのだ。

「えっ、いいですけど、でも……」

と開いた唇を、麗子がほっそりと美しい人差し指で押さえ、

「私の部屋で」

と言ったのだ。単なる自宅残業の誘いとわかっていても、隆史はなにか麗子係長とふたりだけの秘密を握ったような気になり、その瞬間から、心臓がばくばく鳴っていた。

いや、それだけではない。私の部屋で、と麗子が言った時、一瞬にして勃起《ぼっき》させていた。

会社で勃起させるなんて、初めてのことだった。

「じゃあ、おねがいね」

と言って、麗子はすぐにフロアに戻ったが、残り香が隆史の鼻孔をくすぐり、我慢汁まで出してしまっていた。

思春期の童貞のような反応だったが、仕方がない。隆史は思春期でこそなかったが、童貞だったからだ。

そうして美女係長の部屋に来たのだが、もちろん、女性の部屋に入ったのは生まれて初めての経験だ。子供の頃でさえ、女子の部屋に入った記憶はない。

「もう窓は閉めましょうか」

と言って、麗子が立ち上がる。スカートの裾《すそ》がたくし上がったままで、隆史の目の前に、もろに太腿が突き出された。

麗子はスカートの裾がたくし上がったまま、窓とカーテンを閉じる。

その途端《とたん》、密室度が一気に上がった。と同時に、空気がさわやかな初夏のものから、ピンク色をした熟女の体臭に染まりはじめる。

麗子は三十六だ。隆史より六つ年上となる。独身で、今が女の盛りだ。彼氏がいるという噂は耳にしてはいない。

リビングの雰囲気も、男がいるような感じではない。まあ、しょせん童貞にすぎない隆史の観察でしかなかったが。

麗子はテーブルに戻ると、再び足を斜めに流して座る。すぐにディスプレイに向かう。プレゼンの資料作成のことしか頭にないようだ。

それは当然だろう。が、隆史は違う。資料作りより、作業に集中している麗子が気になる。

ふと麗子がディスプレイを見ながら、両腕を上げた。ちょっとドキリとして見つめていると、アップにまとめていた髪を解《ほど》きはじめる。

首を振ると、栗色のロングヘアーがふわりと広がり、甘い髪の匂いが隆史のもとにも流れてくる。

隆史は思わず、くんくんと嗅いだ。麗子はパソコンに集中していて、部下の悪行には気付かない。

麗子もいつか結婚するだろう。家に帰ればこんなふうに麗子がいる、という状況は考えるだけで幸せすぎる。ああ、羨ましい。麗子係長の夫になる男が羨ましい。

「どうかしら？　近藤くん」

不意にディスプレイから顔を上げて、麗子がこちらを見た。

夫が羨ましい、と麗子を見ていた隆史と目が合った。我慢汁が出る。

「はい……」

「どんな感じかな」

と麗子が立ち上がり、こちらにまわってきた。

スカートの裾はたくしあがったままだ。いや、さらにたくしあがり、今にも太腿の付け根がのぞきそうだった。

麗子が隣に座った。そして、ディスプレイをのぞきこんでくる。顔が近い。すぐそばに、麗子の横顔がある。

なんて肌理《きめ》が細かい肌なんだ。頰《ほお》を撫《な》でたくなる。

麗子が右腕を伸ばして、パソコンの横にあるマウスを摑んできた。ぐっと身を乗りだす形になり、栗色の髪が隆史の顔に掛かる。

もちろん隆史はそのままにしていた。麗子の髪を払うなんてありえない。

「うん。いい感じじゃない」

そう言って、麗子がこちらを見た。髪が部下の顔に掛かっているのに気付き、ごめんなさい、と白い指で払う。

すると、まさに目の前に麗子の美貌が剝き出しになった。息が掛かる距離で、見つめ合う形となる。ドラマだったら、このままキスに移ってしまいそうだが、もちろん現実にはそんなことはない。

麗子は笑顔を見せ、

「その調子で、頑張って」

と正座している太腿を、スラックス越しに撫でてきた。

麗子にとっては、なんでもない行為なのだろうが、隆史にとっては刺激が強かった。ただでさえもっこりしているスラックスの股間が、ひくひく動いた。

幸い、麗子は隆史の股間になど興味はないようで、股間には気付かれなかった。

2

「あっ、もうこんな時間だわっ。近藤くん、電車は大丈夫かしら？」

何度も麗子に気を取られ、ようやく仕事に集中しはじめていた隆史は、そう言われて腕時計を見る。

「F線の最終、何時ですか？」

「えーと、何時かしら。新宿に戻る最終はよくわからないわね」

隆史がスマホで、ここから自宅へ帰るルートを調べると、午前〇時十五分発が最終だった。今、午前〇時六分だ。全速力で駅に走れば、間に合うかもしれない。

隆史はパソコンを閉じ、帰ります、と立ち上がった。

「資料、完成したの？」

「あとちょっとです。帰ってからやります」

ジャケットおねがいします、と隆史は麗子に頼む。

はい、と麗子もあわてて寝室に入った。が、なにも持たずにリビングに戻ってくる。

「名波係長っ、ジャケットは？」

「もう間に合わないわ」

「大丈夫ですっ」

終電を逃すわけにはいかない。逃したら、駅でひと晩過ごすことになる……。

「間に合わないわよ」

と麗子がもう一度そう言う。

「いけますっ。全速力で走りますから。だめだったら、近くのファミレスで時間つぶしますから」

ジャケットを、と手を伸ばす隆史に、麗子は首を振った。

「この辺のファミレス、二十四時間営業はやめたのよ」

「そ、それはいいですからっ」

そんなことを言っている間にも時間は過ぎていく。

「と……とまって……いいわよ……」

なにか、麗子が言った。声が小さすぎてはっきりとわからなかったが、とまっていいわ、と聞こえた。

「えっ、なんですか」

「だから……いいわよって、言ってるの」

なぜか、麗子が視線をそらし、頰を赤らめはじめる。麗子はかなりの色白なため、ちょっとした変化がすぐにわかる。

「いいって……なにが、いいんですか」

「泊まっていいって、言っているのっ」

と今度は大声で、そう言った。

「名波係長……しかし、僕、あの……男ですよ」

「そうね。男ね」

「い、いいんですか……」

「まさか、私を襲うつもりなのかしら」

と麗子が真正面から隆史を見詰めてきた。

「いいえっ、ありえませんっ……」

隆史は激しくかぶりを振る。

うふふ、と麗子が笑う。隆史の方が狼狽《うろた》えすぎて、麗子に余裕が出てきたようだ。

「じゃあいいでしょう。大切な部下を野宿させるわけにはいかないわ」

「す、すいません……」

泊まる……これから、俺は麗子係長と泊まる……。いっしょにシャワーを浴びて、いっしょに寝たりして……？

「名波くん、今、エッチな想像していなかったかしら」

「えっ、まさかっ。なにもしていませんっ」

隆史はさらに激しくかぶりを振った。せっかく泊まれるチャンスなのだ。ここで機嫌をそこねて野宿になったら、たまらない。

「じゃあ、決まりね。とりあえずプレゼンの資料、完成させましょう」

そう言うと、麗子は寝室に消えた。

隆史はあらためて鞄からノートパソコンを出し、丸テーブルに置く。そして開き、起動させる。

泊まる……シャワー……寝る……泊まる……シャワー……寝る。

さっきからずっとこの三つのワードが、頭の中をまわっている。

そうこうするうち、寝室から麗子が出てきた。

「あっ……」

思わず、驚きの声をあげていた。

麗子はルームウェアに着替えていた。上はざっくりとしたタンクトップに下はショートパンツ、というラフな姿だ。

いきなり、麗子係長の生足《なま》、生《なま》二の腕、生《なま》肩を目にして、隆史はパニックになっていた。

「どうしたの？」

「い、いいえ……」

「家ではいつもこんな感じなのよ」

「そ、そうなんですね……」

隆史の視線はタンクトップからショートパンツ、そしてすらりと伸びた生足へと行き来している。

「変かしら」

「まさか……素晴らしいです」

また、麗子が、うふふと笑う。

「コーヒー、お代わりどうかしら」

「い、頂きます」

じゃあ淹れるね、と言って、麗子がキッチンへと向かう。

隆史はすかさず、ここぞとばかりに麗子係長のショーパン姿を後ろからガン見する。

太腿は適度にあぶらが乗り、ふくらはぎはとてもやわらかそうだ。

ああ、まさか、いきなり生足《なま》が拝めるとは……麗子係長の生足《なま》なんて、レアだ。めちゃくちゃレアものだ。

「近藤くんも着替えた方がいいわよね。リラックスしたら、もっといいアイデアが浮かんでくるかもしれないし」

「僕はこのままで、いいです」

「まあ、着替えるものがないけどね……あったら、まずいわよね」

キッチンから顔を出した麗子が、ウィンクして見せる。

ああ、麗子係長っ……最高ですっ。一生ついて行きますっ。

麗子がお盆にコーヒーカップをふたつ載せて、リビングに姿を見せた。

やはり太腿の付け根近くからもろ出しの生足《なま》がなんともそそる。タンクトップはざっくりとしていたが、それでもバストの量感がわかる。二の腕もほっそりとしていて、やわらかそうだ。

どうぞ、と前屈みになって、コーヒーカップを丸テーブルに置く。

その時、タンクトップの胸元から、もろに麗子の乳房が見えたのだ。ざっくりよりぴったりがいいのに、と思っていたのだが、違っていた。ざっくりがいいのだ。

麗子はチューブブラをつけていた。そこから豊満なふくらみがはみ出ていた。ぎりぎり乳首が隠れている。

麗子が差し向かいに戻り、ノートパソコンのディスプレイに向かう。コーヒーカップを手にして、唇をつけつつ、ディスプレイを真剣な目で見詰めている。

一方、隆史の方は、まったく仕事に集中出来なくなっていた。

麗子は集中すると上体を前に倒すクセがある。ディスプレイに美貌を寄せるのだ。

そうなると、ざっくりとした胸元から、いやでも、乳房の隆起がのぞくのだ。

逆に隆史はぴんと背筋を伸ばしていた。伸ばすことで目線が上がり、魅惑のふくらみを、より多く鑑賞することが出来た。

それから四十分ほど過ぎた頃、

「出来たっ」

と麗子が声をあげた。うーん、とうなりつつ両手を組んで、伸びをするように両腕を上げる。

すると、腋《わき》の下が露わになる。麗子係長の腋の下だっ。まさにレア中のレア。手入れの行き届いた美麗な腋のくぼみに、隆史は見惚《みと》れてしまう。

「近藤くんはどうかしら」

と言って、麗子がこちらにまわってくる。えっ、うそっ。その大胆な部屋着で、隣に来るんですかっ。

麗子が隣に座るなり、甘い体臭が薫《かお》ってきた。もう午前一時をまわっている。一日中の仕事の汗が、剝《む》き出しの腋の下から薫ってきていた。

「いい感じじゃないかしら」

そう言って、麗子が隆史に笑顔を向ける。顔が近い。ちょっとでも口を突き出せば、キス出来る距離だ。

会社でもなにかの拍子に顔が近くなることはあるが、キス出来るかも、と思ったことはないし、出来るとも思えない。けれど麗子の自宅だと、キス出来るかも指数が跳ね上がる。

「どうしたのかしら。なんか、近藤くん、変よ」

それゃあ、変になりますよ、麗子係長っ。唇がすぐそこですよ。おっぱいもすぐそばですよ。太腿も目の前なんですよ。

俺が三十になっても童貞の草食系の部下で助かりましたね、麗子係長。そうじゃなかったら、今頃、嵌《は》めまくっていますよ。

そこまで考えて、そうか、と合点がいく。俺が三十になっても童貞の草食系だから、泊める気になったのか。安全だと思われているのだ。確かに安全だろう。もしかすると、童貞の匂いを嗅ぎ取っているのかもしれない。麗子も三十六の熟女なのだから。

「あと少しで、完成です」

「そう。じゃあ、先にシャワー浴びてきていいかしら」

「えっ……」

一瞬、エッチするための準備を先にしていいかしら、と聞こえた。かなりの誤訳だ。

「だめかしら」

「いいえっ、だめだなんて、そんなっ……。どうぞ浴びてください……僕、仕事片付けますから」

「そう。じゃあ、お願いね」

そう言うと、またも麗子が寝室に消える。この寝室に消えて一人になる時間が、なぜかドキドキする。キス出来るくらい顔を寄せられた時もドキドキしたが、想像力を発揮出来る時間の方が、より興奮した。

これは童貞が長い男の副作用のような気がする。現実のことよりも、想像の方に、よりリアル感を覚えてしまうのだ。

現実にキスすることはないが、妄想ならいくらでももうキスしている。それどころか以前から、妄想の中でやりまくってさえいるのだ。

麗子が寝室から、右手にキャミソールらしき薄い布を手にして出てきた。パンティも持っているのが、ちょっと見える。

あれに着替えるのか……まさかシャワーの後は、キャミソール姿になるのかっ。いやまさかではない……そうに決まってる。だって、ここは麗子の部屋なのだ。

「じゃあ」

と麗子が言う。その声が、甘くかすれていた。緊張しているのだろうか。

麗子が浴室へと消えると、隆史はふうっと息を吐いた。

3

それからの時間が長かった。深夜の時間ゆえか、やけにシャワーの音が大きく聞こえてくる。シャワーの音がやむと、身体《からだ》に、裸体に石けんを塗《まぶ》しているのだな、と想像してしまう。

もう、ずっと勃《た》ちっ放しだ。プレゼン資料にはまったく手がつかない。これだったら最終に乗り遅れても、駅のベンチで作業した方が、より捗《はかど》っただろう。

シャワーの音がやみ、がちゃんとドアが閉じる音がした。その音を聞いただけで、ペニスがひくつく。来るぞっ、もうすぐキャミソールの麗子係長がっ。

「お待たせ」

と言って、麗子がリビングに姿を見せた。

想像以上のセクシーぶりに、隆史は、思わず、おうっとうなった。

やはり、麗子はさっきの薄い布を身に着けていた。黒のキャミソールは裾が短く、絖白《ぬめじろ》い太腿が付け根近くまで露出している。まあ太腿はさっきのショートパンツの時も見ていたが、同じ太腿露出でも、ショーパンとキャミソールでは、まったくエッチ度が違っていた。

ショーパンはめくれてもパンティは見えないが、キャミソールはちょっとでもめくれたら、麗子係長のパンティが見えてしまうのだ。

しかも、しかも、もしかしたら……。

「出来たかしら」

と聞きつつ、麗子がこちらに歩いてくる。

やはりそうだ。あの胸元の揺れは……ブラ無し……ブラカップ無しの……ノーブラだっ。

麗子はノーブラのキャミソール一枚で、部下に近寄ってきていた。しかも、栗色の髪はまとめあげて、タオルで包んでいる。シャワー上がりの妖艶《ようえん》な姿がたまらない。

「どうかしら」

と言って、迫ってくる。どうかしら、というのは、進捗《しんちょく》具合を聞いているに過ぎないとわかってはいるのだが、キャミソール姿の私はどうかしら、と聞いているように思えてしまう。

どうしてもノーブラの胸元に目が向かう。

あっ、これはっ。

彼女が近づいてくると、キャミソール越しにぷくっとした乳暈《にゅううん》が薄っすらわかった。

乳房のふくらみ自体も、半分近く露わとなっているのだ。

セクシーすぎる姿だったが、シャワーあがりだと思うと、大胆すぎるわけではないかもしれない。この場に隆史がいるから、大胆に肌を露出していると感じるのだ。

きっと麗子は普段通りにしているのだろう。部下がいるにもかかわらず。

俺は男だと思われていないのだ。だからノーブラに太腿丸出しなのだろう。男として警戒されなくて良かった、という思いと、良いことか？　という思いが同時に湧き上がる。

麗子が隣に座った。さっきまでは服を着ていた女上司が、今は裸も同然だ。

ちらりと横を向くだけで、たわわな白いふくらみが拝める。今にも乳首が見えそうだ。

「あら、進んでいないじゃない？」

と麗子が言い、マウスを手にするために、右手を伸ばしてきた。さっきは腋の下から汗の匂いがしたが、今度は石けんの薫りがする。

隆史の真下に麗子の露わな胸元が来た。

「あっ……」

乳首をはっきりと目にして、隆史は思わず声をあげた。

乳首っ、麗子係長の乳首が見えてるっ！

もうレアどころの騒ぎではない。これはもう彼氏レベルしか見れないものだ。

俺は彼氏ではない。男とすら思われていない。

でも、いやそれだから、乳首を見れている。

隆史が小さく声をあげ、乳首から目を離せないでいても、麗子はそれには反応せず、ディスプレイを見つめている。

「さっきと変わってないわね」

「すいません。なんか進まなくなってしまって……」

麗子がこちらを見た。美しい黒目が潤《うる》んでいて、ドキリとする。

とにかく顔が近い。息がかかるほどそばで見る麗子の美貌は震えがくるほどだ。

「根《こん》を詰めすぎたかしらね。シャワーを浴びていらっしゃい。さっぱりしてから続きをやれば、すぐに完成するわ」

そう言うと、麗子が離れた。

隆史はそのまま座っている。麗子係長の妖艶さに当てられ、呆然としていた。

「なにしているの。シャワー、浴びていらっしゃい」

「シ、シャワーを浴びて、な、なにを……するんですか」

シャワーを浴びたら、もうエッチしかない気がする。

またも、うふふ、と麗子が笑う。

「プレゼン資料を完成させるに決まっているでしょう。変な近藤くん」

ノーブラの胸元を見せつけつつ、そんなことを言う。

もしかして、麗子係長はSなのだろうか。俺をじらして楽しんでいるのか。

……いやいや、たとえなにも起こらなくても、乳首を見れただけで充分だ。

「シャワー、浴びてきます」

隆史は立ち上がった。緊張しすぎて、足がふらついた。

隆史は浴室の手前の洗面所で、ワイシャツを脱ぎ、スラックスを脱いだ。

ブリーフはもっこりしていて、先端が当たっているところが染《し》みになっている。我ながら、我慢汁の出し過ぎだ。

Tシャツを脱ぎ、ブリーフを下げると、弾《はじ》けるようにペニスがあらわれた。やっと解放された喜びを伝えるように、ぴくぴく動いている。

半透明のガラス戸を開き、浴室に入ると、なんとも言えない甘い匂いに包まれる。麗子の匂いと石けんの薫りがいい具合にミックスしていた。

「ああ、麗子係長っ」

と思わず叫び、くんくんと浴室内にこもっている魅惑の匂いを嗅ぐ。すると、さらにペニスがひくつき、我慢汁がどろりと出た。

4

落ち着かない気持ちで髪と体を洗い、ふと目を上げると、半透明のガラス戸の向こうに、キャミソール姿の麗子が見えた。

「えっ……どうして……」

ガラスの向こうの麗子は、こちらに背を向けたまま、頭のタオルを外していく。半乾きの栗色の髪が剝き出しの背中に流れた。

そして、キャミソールを脱ぎはじめる。

麗子係長……なにしているんだ……どうして、俺のすぐそばで脱いでいるんだ。

その答えはひとつしかない。浴室に入ってくるためだ。濡れないようにキャミソールを脱いでいるのだ。

キャミソールを脱ぎ落とすと、麗子が体の向きを変え、たわわに実った乳房がぼんやりとガラス越しに露わになった。すでに乳首を見ているとはいえ、乳房のすべてを目にして、隆史の心臓は早鐘を打つ。

今や麗子が身に着けているのはパンティのみ。黒のパンティだった。しかもTバックである。また体の向きが変わり、熟《う》れた尻たぼが露わとなっていた。

そのパンティにも麗子が手を掛ける。そして、前屈みになり脱いでいく。

裸になるぞっ。やるためだ。部下の俺とやるために、裸になっているんだ。もうそれしか考えられない。

いや落ち着け。どうして、麗子係長が俺なんかとやるんだ。自慢じゃないが、この三十年モテたことなどない。それが終電を逃して泊まることになったからといって、急にモテるなんてありえない。

じゃあ、どうして彼女は裸になっている。パンティが膝小僧を下がり、ふくらはぎを通過している。

もうすぐ全裸だ。麗子係長が生まれたままになるんだっ。

パンティを足首から抜くと、麗子がこちらを向いた。

半透明のガラス戸越しに、オールヌードの女上司と対峙《たいじ》する。

「ああ、麗子係長っ」

下腹の陰りは濃い目だった。白い裸体の中で、そこだけ黒々としている。それがなんとも卑猥《ひわい》で、麗子の女としての熟れ具合を感じさせた。

麗子はガラス戸を開いて浴室に入ってくると、隆史の股間を真っ先に見て、

「あら」

と声を漏《も》らす。

「す、すいませんっ」

隆史は両手で股間を覆《おお》った。が、麗子の裸体を前に大きくなり過ぎて、鎌首《かまくび》が手のひらからはみ出ている。

「やっぱり、我慢しているのね」

白く汚れている鎌首を見詰め、麗子がそう呟《つぶや》いた。

「い、いや、あの……すいません」

「私としたいと思っているのかしら」

そう聞きながら、麗子が迫ってくる。一歩足を運ぶごとに、たわわな乳房が誘うよ

うに揺れる。乳首はつんととがりきっていて、それがなんともいやらしい。

「えっ、いやっ、そんなことは……思っていませんっ」

「でも、我慢しているんでしょう」

と言いつつ、麗子が右手を伸ばし、手のひらからはみ出ている鎌首を、そろりと撫でてきた。

その瞬間、びりりっと鮮烈な電気が鎌首から走った。

「あっ……」

いきなり、隆史は暴発しそうになっていた。麗子はそのまま、鎌首を撫で続ける。

我慢汁が潤滑油《じゅんかつゆ》代わりとなって、なんとも気持ちいい。

女性に撫でられるのが、こんなに気持ちいいとは。それは童貞生活三十年の想像を凌駕《りょうが》していた。

「私、このままだとエッチしてしまうかもしれないの」

「えっ、エッチをっ……」

隆史は素《す》っ頓狂《とんきょう》な声をあげる。

「でも、それはいけないことだと思うの」

「い、いけない、こと……」

「だってそうでしょう。上司と部下が深い関係になるなんて、いけないわ」

そう言いながら、麗子が鎌首を手のひらで包んできた。そして前後に撫ではじめる。

「ああっ、そ、それっ」

股間がとろけそうだ。隆史はがくがくと腰を震わせ、暴発に耐える。

「いくら、近藤くんが童貞の草食系でも、やっぱり、こうしておち×ぽを大きくさせているわけだから」

「えっ、ぼ、僕、童貞では……あ、あああぅ！」

ありません、と言いかけたところで、隆史は暴発させていた。どくどく、どくどくとザーメンが噴き出し、麗子係長の手のひらを汚していく。

射精した快感に浸《ひた》る間もなく、大変なことをしてしまった、という思いが噴き上がる。

「あっ、すいませんっ、名波係長っ、ああ、すいませんっ」

上司の手のひらに射精するなんて、なんてことをしてしまったのか。が、麗子は怒ったりはしなかった。むしろ、瞳を潤ませ、火の息を洩らしている。

「ああ、いっぱい出たね……溜めていたのね……」

麗子はザーメンまみれの自分の手のひらを見詰め、甘くかすれた声でそう言った。

「すいませんっ」

隆史はあわててシャワーのコックを手にして、お湯を麗子の手のひらに掛ける。白く汚れていた麗子の手が、瞬《また》く間に綺麗になる。

すると麗子が隆史に抱きついてきた。たわわな乳房を隆史の胸板に押しつけつつ、

「やっぱり、童貞くんなのね」

と耳元で囁いてくる。

それだけで、萎《な》えつつあったペニスがピクンと反応した。

「す、すいません……」

鎌首を撫でられただけで暴発してしまった今となっては、もう見栄《みえ》を張っても仕方がない。素直にうなずいた。

「可愛いわ」

とまたも火の息を耳元に吹きかけ、同時に股間をぐりぐりとペニスにこすりつけてきた。

「ああ、名波係長っ……」

股間が痺《しび》れ、ぐぐっと反応していく。

麗子係長に可愛いと言われ、昂《たか》ぶっていた。年上だから、童貞が可愛いと思えたの

だろう。

「ああ、もう大きくなってきたわね」

火の息混じりに、麗子がそう言う。

「童貞くんでも、いえ、童貞くんだからこそ、一回出したくらいでは、ああ、ぜんぜん、安心出来ないわ」

そう言いながら、さらに強く恥部をペニスにこすりつけてくる。

濡れた恥毛が、鎌首をざわざわと刺激してたまらない。

ああ、麗子係長の毛が……ああ、俺のち×ぽに……。

毛だけではない。麗子係長の乳首が、隆史の乳首に当たっている。お互いをなぎ倒している。

これってもしかして、ボディ洗いプレイっ。AVのソープもので、女優が裸体全体で奉仕するシーンが隆史の脳裏に浮かぶ。

今がまさにこれじゃないか。立ったまま、マットプレイのように滑らかに身体と身体を擦らせあう。ローションがないのが残念だが、ローションを掛けられていたら、すでに二発目を出していただろう。

麗子が裸体と裸体の間に手を入れてきた。はやくも勃起を取り戻した隆史のペニスを掴み、しごきはじめる。

「ああ、ああっ……名波係長っ……」

「麗子って、呼んでいいわよ、近藤くん」

火の息を隆史の顔に吐きかけるように、麗子が囁くように言う。

隆史を見つめる麗子の瞳は妖しく潤んでいる。ザーメンを手のひらに受け、そして今、裸体と裸体をこすりつけあって、麗子自身もかなり燃えているように見える。

「そんな、言えません」

「どうしてかしら。麗子って、呼んで」

「れ、麗子……係、長」

本人を前にして名前を口にしただけで、先走りの汁がどろりと出た。ついさっき、大量のザーメンを出したつもりだったが、まったく出し足りなかったようだ。

うふふ、と麗子が再び笑いを漏らす。さっきまでとは違い、妖艶な笑みだ。それを見て、またどろりと我慢汁を出す。

「係長なんて、付けなくていいのよ」

そう言いながら、ぐいぐいしごいてくる。

「そんな……こと……い、いいんですか」

「いいわよ。呼んで欲しいの」

「れ、麗子……さ、さん」

そう言うなり、はい、と返事をして、すうっと麗子が美貌を寄せてきた。

あっ、と思った時には、唇を奪われていた。

男が奪われる、というのも妙な話だが、まさに、奪うという表現が相応《ふさわ》しいキスをされたのだ。

隆史は固まっていた。もちろん、女性との初めてのキスだった。

麗子が唇を引いた。

「キスも、初体験かしら」

「はい……すいません」

「うれしいわ」

「うれしい？」

「だって、私がファーストキスの相手なんでしょう。一生忘れないでしょう」

「忘れませんっ、麗子さんを忘れるなんて、ありえませんっ」

「まあ、可愛いのね……好きよ、近藤くん」

えっ、と開いた口に、再び麗子が唇を重ねてくる。そしてぬらりと舌を入れてきたのだ。

あっ、舌だっ、麗子係長の舌だっ。

からみあわせるなり、目が眩《くら》むような快感が突き抜け、はやくも女係長の手の中に二発目を発射させた。

5

「う、ううっ」

麗子と舌をからめつつ、隆史は射精の快感にうめく。

発射しても麗子はしごく手を止めず、搾《しぼ》りだすように、しごき続けてくる。

「うっ、ううっ、ううっ」

隆史は麗子と舌をからめながら、うなっている。

脈動が収まると、麗子が唇を引いた。ねっとりと唾液《だえき》が糸を引き、それをじゅるっと麗子が吸った。

「すいません。また出してしまって……」

「ううん。いいのよ。出してくれて、ありがとう」

えっ、と礼を言われて驚く隆史に、麗子がシャワーの飛沫《しぶき》を掛ける。

そして、ボディソープを手のひらに出して泡立てると、首筋に触れてきた。

「あっ……」

首を撫でられるだけで、隆史は感じてしまう。首から腕を泡まみれにさせると、

「腕をあげて」

と麗子が言う。

「腕、ですか」

「腋も洗わないと」

隆史はうなずき、腕を上げる。すると、麗子が泡立てた手で腋の下をなぞりはじめる。

「あっ、く、くすぐったいです……」

「我慢しなさい」

「はいっ」

連続して二発出して礼を言われたのは、襲われる可能性が減ったからだ、と気付く。

別に麗子は俺のことが好きなわけではなく、襲われないように、ザーメンを出させているだけなのだ。でも、それでもいい。まったく問題ない。

麗子係長とキス出来たのだ。麗子係長の裸体を見られて、手コキでいけたのだから。我ながら性的な感動のハードルが低い、と隆史は思う。童貞だからだろうか。もしこれがモテ男だったら、手コキだけで満足するなど、ありえないだろう。今ここで、麗子と繋《つな》がっているかもしれない。

えっ、今、繋がる……。隆史は今更ながらドキッとする。ち×ぽのすぐそばに、麗子の肉のとば口があるじゃないかっ。

すぐにでもやれるんだ、と思った途端、股間にあらたな劣情の血が集まってくる。二発出して萎《しお》れかけていたペニスの頭がもたげはじめる。

腋を撫でていた麗子の手が、胸板に降りてきた。乳首を泡立てた手のひらでこすってくる。

「ああっ、麗子さんっ」

名前を呼ぶたびに、隆史は興奮する。

「あっ、うそっ、もうこんなに」

股間を見ると、ぐぐっとペニスが反《そ》り返《かえ》っていくのがわかった。

「どうして」

やれるぞっ。ほらっ、腰を突き出すんだ。麗子の入り口はそこにあるんだっ。ほらっ、入れろっ、隆史っ。

隆史は麗子の背中に手をまわし、抱きついていった。今夜初めて、隆史から行動を起こしていた。

あっ、と声をあげたものの、麗子は嫌がったりはしなかった。抱きつかれたままでいる。あらたに胸板で乳房が押しつぶされ、鎌首が濡れた恥毛に当たっていた。

すぐそこに、麗子のおま×こがあるっ。童貞卒業がすぐそばにある。

しかも、麗子は決して嫌がっていはいない。腰を引いたりしていない。OKなんだ。入れてもOKなんだっ。

「麗子さんっ」

と叫び、腰を突き出す。

が、入らない。

麗子さん、麗子さんっ、と名前を呼びつつ、繰り返し鎌首で割れ目を突いていくが、入らない。あせっていると、ペニスが萎えはじめた。

まずいっ、はやく入れないとっ、とあせりばかりが募るが、入らない。

麗子がずらしているわけではない。麗子は突かれるのを待つように、じっとなすがままにしていた。

「小さくなっちゃったね」

やがて麗子が言い、裸体を引いた。隆史が股間を見ると、びんびんだったものが半勃ちにまで縮んでいる。

麗子がその場に膝をついた。そして、いきなり萎えつつあるペニスにしゃぶりついてきた。

「ああっ、麗子係長っ」

ペニス全体が、麗子の口の粘膜に包まれた。

ち×ぽがとろけるような快感に、隆史は下半身を震わせる。

「うんっ、うっんっ」

麗子が唾液を塗しつつ、じゅるじゅるっと吸ってくる。

「ああっ、ああっ」

麗子の口の中で、隆史のペニスは瞬く間に力を取り戻した。

肉棒に急に口内を圧迫され、麗子はちょっと苦しそうに、眉間の縦皺を深くする。

が、その苦悶の表情に隆史はより昂ぶり、さらにペニスは太くなっていく。

「う、うう……うう」

麗子は苦しそうな表情を浮かべつつも、部下のペニスを吸うのをやめない。

「あ、ああっ、ああ、気持ち良すぎますっ」

隆史はがくがくと腰を震わせる。もう震えが止まらなくなる。

麗子が根元まで咥《くわ》えつつ、左手の指先を蟻《あり》の門渡《とわた》りへと伸ばし、肛門をくすぐってきた。

「あっ、それ、だめっ」

おうっ、と吠えて、隆史は射精させていた。

三発目なのが嘘のように、どくどく、どくどくと凄まじい勢いで、麗子の喉《のど》に放った。

口内発射だ。初めて、ティッシュやおもちゃではなく、女体の中へとぶちまけていた。

たとえ性的感動のハードルが低い隆史でなくとも、これには大満足だろう。社内の憧《あこが》れの的である美人係長の、中に出したのだ。おま×こではなく口だが、じかに女の粘膜に出したのである。

脈動が止《や》んだ。隆史は申し訳ない、とすぐペニスを抜こうとしたが、麗子が尻たぼを摑み、そのまま吸ってきた。

「ああ、ああっ、麗子係長っ」

隆史は叫び、腰をくなくなさせる。くすぐった気持ちいい、というやつだった。ペニスにわずかに残った白濁《はくだく》までもが、啜《すす》り出されてゆく。

麗子が唇を引いた。どろりと大量のザーメンが唇からあふれてくる。

「ああ、麗子さん……ああ、すいませんっ。口に出すなんて、すいませんっ」

大満足だったが、大後悔でもあった。射精の快感が収まると、なんてことをしてしまったのか、という後悔に包まれる。

「はやく、吐き出してください」

幸い浴室だ。ぺっと吐き出せば、シャワーで流せばいい。

「はやくっ、麗子さんっ。喉に流れますよっ」

麗子は唇を半開きにして、中に出されたザーメンを見せつけたままでいる。

苦くないのか。汚くないのか。

「吐き出してっ」

隆史が急《せ》かす中、麗子が唇を閉じた。そして、ごくんと喉を動かしたのだ。

「えっ……うそ……麗子さん、うそだろうっ」

麗子が唇を開いた。ザーメン色に染まっていた口の中が、ピンク色に戻っていた。

「ああ、美味《おい》しかったわ、近藤くん」

「ああ、麗子係長っ」

あまりの感激に、隆史は涙を浮かべていた。そのましゃがむと、麗子の裸体に抱きついていった。

「連続で三発なんて、すごいね。すごく溜まっていたのね」

隆史の胸板に美貌を埋めつつ、麗子がそう言う。

「溜まってましたっ。三十年、溜まりに溜まってたんですっ、ありがとうございますっ」

「でも、まだ童貞くんよね」

胸板から美貌を上げて、麗子がそう言う。

そうだ。感激で涙まで流していたが、俺はまだ童貞だった。

麗子の裸体をこの腕で抱きしめ、三発も出しつつ、隆史は客観的にはまだ女を知らない状態だった。

第二章　元同級生を泊めたら筆おろしを…

1

近藤隆史は自宅のアパートでノートパソコンのディスプレイを見つめつつ、にやにやしていた。

「ああ……麗子係長……ああ、麗子っ」

麗子の家に泊まり、彼女の手コキで二発、そして口に一発出したあの日。

あれから二人は特にまぐわったりすることなく、隆史はリビングで、麗子は寝室でそれぞれ眠って、プレゼンに臨《のぞ》んだ。

それから三日が過ぎていたが、今でも、隆史は目覚めてすぐに麗子の裸体を脳裏に浮かべ、それは寝るまで続いている。

文具博に向けてのプレゼンは上手《うま》くいって、今はその企画を具体化する仕事に入っているので忙しいのだが、つい、隆史の仕事の手は止まってしまう。

隆史のザーメンをごくんと飲み干し、

『ああ、美味しかったわ、近藤くん』

と甘い声で告げた時の麗子の表情を思い出すたびに、びんびんになってしまうのだ。

そして今も、ジャージの股間がテントを張っている。

「麗子係長っ」

一発抜かないと仕事にならないと、隆史はジャージとトランクスをいっしょに下げた。

時間は午後九時半をまわっている。今日も会社では仕事が終わらなかったため、隆史は台所と六畳間だけの質素な部屋に、仕事を持ち帰って自宅残業していた。

布団は丸めて隅に押しやり、机がわりのコタツ台にノートパソコンを広げてはいるが、このままではいっこうに終わりそうにない。

ペニスがあらわれた。すでに我慢汁が出ている。

職場でも、麗子の顔を見ているだけで我慢汁を出していた。美人の女教師を見るだけで勃起させていた、やりたい盛りの高校生に戻った感じだ。

隆史はペニスを摑み、しごきはじめる。視線は文具博の企画書に注《そそ》がれている。この企画書を見ると、麗子の裸体をとてもリアルに思い出すことが出来ていた。

企画書を見てしごけるのは、この世で隆史くらいだろう。

「あ、ああ……麗子さん……ああ、麗子っ」

名前を呼ぶだけで、はやくも出しそうになる。

出そうだっ、と思った時、携帯が鳴った。

麗子からだと思い、ペニスを握ったまま手を伸ばし、携帯を摑む。

麗子からではなかった。小倉美奈《おぐらみな》、とディスプレイに出ている。

小倉美奈？　ああ、おぐっち——あの小倉美奈だ。

隆史はペニスから手を離し、ディスプレイをタップした。

「はい、近藤です」

「あ、近藤くんっ、久しぶりっ！　わかるかな、おぐっちだよ。小倉美奈だよ」

愛らしい声が聞こえてきた。声が弾んでいる。一瞬にして、高校時代の気持ちが蘇ってくる。

「わかるよ。おぐっちだろう。ああ、久しぶりだね」

「おととしの同窓会以来かな」

そうだ。彼女とは先日の同窓会で再会し、そこで携帯電話の番号を交換しあったのだ。高校生の時は、したくても出来なかった電話番号の交換だったが、大人になってあっさりと出来ていた。が、その後、どちらからも電話はしていない。

美奈は隆史の同級生というだけで、高校の時、格別仲良くしていたわけではなかったからだ。仲良くしてはいなかったが、隆史はしっかり覚えていた。なにせ、おぐっちは学年一の美少女だったのだ。

それは大人になっても変わらないどころか、美貌に磨《みが》きがかかり、同窓会では一番の華《はな》だった。

そんな美奈がどうして俺に電話をくれたのだろう?

「あの、今ね、東京にいるの」

「えっ、そうなの」

隆史も美奈も地元は福岡だったが、美奈は大阪の会社でOLをしていると聞いていた。三十になると結婚している者、子供もいる者が増えてくるが、おぐっちは隆史同様独身だったはずだ。

「出張で来ているんだけど、新幹線の最終に乗り遅れてしまって……」

「最終?」

時計を見ると、午後九時四十分をまわっていた。

「もう最終が出たの？」

「新幹線は最終がはやいの」

「そうか……」

最終——つまり今日中に福岡へ戻る新幹線の終電車に、彼女は乗り遅れてしまったらしい。

そんな状況で、美奈が終電に乗り遅れている……そして、クラスメイトに電話……。

終電逃し……終電逃しっ。

麗子との一夜を連想した隆史は、美奈と電話しつつ、勃起したままのペニスをひくつかせた。

「それで、あの……近藤くんって、一人暮らしよね」

「一人だよ」

「あの、彼女はいるの？」

「いないよ」

「ああ、あの……良かったらだけど……」

「う、うん」

すでにカウパー液が出ている。まさに先走りの汁だ。

「あのね……今夜、泊めてくれないかな、と思って……」

来たっ！　終電逃しのイベントが来たっ！

「いいよ」

声がうわずっていた。

「ああ、ありがとうっ。すごくうれしいっ」

おぐっちが声を弾ませている。俺の部屋に泊まることを喜んでいるのだ。

「今夜は日帰りの予定だったから、宿をとってなくて……とろうと思ったんだけど、どこも満室で……それで、近藤くんが東京にいたって思い出して……」

「今、どこ？」

「えーと。品川。ぎりぎりで乗れなかったの」

「じゃあ、山手線に乗って池袋まで来て。駅に迎えに行くから」

「わかった」

じゃあ後で、と言い合って電話を切る。

さっき、あのまま一人でしごいて出さなくて良かった。

美奈と話しながらも、さらに我慢汁は肉棒から漏れていた。

しかし現金なものだ。さっきまで麗子を思って我慢汁を出していたのに、今は美奈を思って我慢汁を出している。

隆史はティッシュでペニスを拭《ぬぐ》うと、着替えようとした。

いや待て。まずは部屋を綺麗にしておかないと、と窓を開け、空気の入れ換えをする。

だが、考えてみればゆっくり掃除している暇などないのだ。駅で美奈を待たせるわけにはいかない。

隆史は池袋から私鉄でひと駅のS町に住んでいる。駅からは徒歩十五分ほどかかるが、とにかく職場がある池袋に近かったのだ。隆史は通勤の満員電車がことさら苦手で、部屋が狭くてボロくなっても会社に近いアパートを選んでいた。

品川から池袋まで三十分ほどだ。もう山手線には乗っているだろう。

隆史はあちこちに散らばっている雑誌を押し入れに放り込むと、ジャージからジーンズとシャツに着替えていった。ジーンズもシャツもいかにも安物だ。なんせ、三十年間も彼女がいないから、ファッションにはまったく金を掛けていない。

そんなことだから彼女が出来ないとも言えるが、彼女もいないのに、服ばかり小綺麗にしても、という思いがどうしても拭えないのだ。

そういえば同窓会の時はスーツを着ていった。仕事着でもあるスーツだけは、それなりなものを着るようにしているし、ましかもしれない。

隆史はスーツに着替え、ブリーフケースまで持ってアパートを出た。


池袋の私鉄の改札前で待っていると、夜の雑踏の中、目を見張る美人の姿が隆史の目に飛び込んできた。

美奈はベージュのワンピース姿だった。割と身体《からだ》にフィットするデザインで、抜群のスタイルが拝める。

美奈も隆史に気がついたらしく、笑顔を向け、こちらに向かって手を振っている。なんてことだっ。あの学年一の美少女だったおぐっちが、俺なんかに笑顔で手を振っている。これは奇跡だ。

しかも、こちらに向けて駆けだしたのだ。見れば、胸元が大きく弾みまくっている。

そうだ。おぐっちは隠れ巨乳だったんだ。

彼女が人気だったのは、美形なこともあったが、おっぱいが大きいことも関係していた。やはり、高校生はおっぱいなのだ。そんなに可愛くなくてもおっぱいが大きい女子は人気があった。

おぐっち、三十になって、ますます巨乳になったような気がするぞ。

美奈が駆け寄ってきた。

「ああ、近藤くんっ」

いきなり抱きつかんばかりの勢いだったが、もちろん抱きついたりはしなかった。

「こっちに来てたんだね」

「そうなの。ちょくちょく来ているんだ」

そうなのか。ちょくちょく東京に来ていたのか……一度くらい連絡くれても良かったのに……いや、くれるわけないか……クラスでは目立たない男だったからな。それよりも、よく今回思い出してくれたな、と思った。

「田端《たばた》くんや、中島《なかじま》くんにも連絡したんだけど、どちらも出張中で……」

なるほど。それで俺にまわってきたわけか。

「田端や中島とは、こっちで会っているの？」

「ごめんなさい……連絡しなくて」

「いや、別にいいんだよ……今夜会えたわけだし」

なんせ、今夜は俺の部屋に泊まることが決定しているのだ。

「近藤くん、会社の帰りだったの？」

「そう。ちょうど帰るところだったんだ」

いきなりアパートに行くのもあれなので、まずはどこかで軽く飲もうかと思った。

「ちょっと飲んで行く？」

「ううん。ごめんなさい。もう、飲んできて……それで新幹線に乗り遅れてしまったの……近藤くんのお部屋に行きたいな」

心臓がはやくも早鐘を打つ。あのおぐっちが、はやく俺の部屋に行きたいと言っているのだ。

「わかった。この電車でひと駅なんだ」

「すごいね」

「別に、そんなことはないんだけど」

普通電車のシートに並んで座る。それだけでもう、彼女いない歴が年齢の隆史は舞い上がってしまう。

隣の美奈とはちょっと間が空いていたが、美奈の右隣に太った男が座ってきたおかげで、美奈が押しやられるように隆史に密着してくる。

その途端、甘い薫りが香ってきた。

高校時代を思い出し、胸がキュンと鳴る。と同時に、股間がむずむずしはじめる。

高校生の頃、美奈からかすかに薫ってきた、甘くせつない匂いだ。髪の匂いだという男子もいれば、美奈の身体全体から醸《かも》し出される匂いだと言っていた男子もいた。

隆史は仲良くしていたわけではなかったから、なにかの拍子にすれ違う時、かすかに薫ってきただけだ。それでも今、美奈の薫りを嗅いで、高校時代を思い出していた。

電車が動きはじめた。ちらりと横を見る。綺麗だ。美奈は、真っ直ぐ正面を見詰めている。その瞳が美しい。

ほどなくして電車は駅についた。この時ほど、ひと駅の場所にアパートを借りたことを後悔した瞬間はない。もし自宅が終点にあったら、一時間はおぐっちの匂いを堪《たん》能《のう》出来たのに。

「着いたよ」

泣く泣く、隆史は席を立った。

2

「お邪魔します」

パンプスを脱ぎ、美奈が隆史の部屋に入ってきた。

彼女が入ってきた途端、築三十年近くのぼろアパートが洒落《しやれ》たワンルームへと変わった気がする。二人は台所を通り、唯一の六畳間に入った。

「狭くてごめんね」

「ううん……」

美奈はかぶりを振り、六畳間を見回す。感想は特に無いようだ。

「そこに座って」

とテーブル代わりのコタツ台を指差す。

「ああ、ごめん、座布団がなかった……」

彼女どころか、そもそも他人が来たことがない部屋だけに、客をもてなす用意がまるで出来ていないのに気づく。

だが美奈は笑顔を向けて、失礼します、とすり切れた畳にちょこんと正座した。

「コーヒー淹れるよ。インスタントだけどいいかな」

「ありがとう」

どうにかコーヒーカップはふたつあった。これはふたつセットでお得だったから、買っただけだが、そうしておいて本当によかった。

コーヒーカップに粉を入れつつ、六畳間を見やる。

正座している美奈が見える。背筋がぴんと伸びて、姿勢が美しい。

しかし、女の子が座っているだけで、ぼろアパートが極上の空間になる。狭いと思っていた部屋も、逆に常に美奈が見えていい感じだ。

ホットコーヒーをコタツ台へ運ぶと、美奈はありがとう、と言って、すぐ唇へと運んでいく。

駅からアパートまでの十五分ほど、美奈はずっと近況をしゃべっていたが、部屋に入った途端無口になった。緊張しているのがわかる。

終電を逃して、泊まるところを確保しなくちゃ、とあせって、クラスメイトに電話をし、宿を確保出来てホッとしたのだろうが、いざアパートに来て、我に返っているのかもしれない。

たいして仲良くもなかった男子の部屋に泊まることを、後悔しはじめているのかもしれない。

かといって、隆史は気の利いた話を出来ずにいた。ここで女性を楽しませるような話がすうっと出来るようなら、そもそも三十年も童貞ではいない。

数日前、上司の手コキで射精出来たのも、すべて、麗子のリードのお陰だ。

変な沈黙の時間が続く。

やっぱり泊まるのやめる、と美奈が言い出しそうで怖い。

なにか話さないと。場を和《なご》ませないと。でも、いったいなにを話せばいいんだ。

「あの……」

と美奈が隆史を見つめてきた。

「は、はい……」

「シャワー、使っていいかな」

「えっ、シャワー……ああ、もちろんっ」

隆史は立ち上がると、六畳間を出る。六畳間と台所の間に、トイレと浴室、そして小さな洗面台があった。

「ここだけど、いいかな」

「ありがとう……あっ」

美奈が礼を言いかけて、小さく声をあげた。

「どうしたの？」

「いや、あの……下着……。日帰りの予定だったから、替えを持ってきてなくて……池袋駅で買っておけばよかったね。頭がまわらなくて……」

「そ、そうか……」

「いや、大丈夫。明日のぶんは、これから洗って乾かせばいいから」

「そ、そう……でも、それじゃシャワーから出た後は……」

「下着無しだね……」

と言って、美奈が隆史から視線をそらす。優美な頬が赤く染まっていく。

下着無し……ノーパン、ノーブラ……あのおぐっちが、ノーパン、ノーブラっ。

「じゃあ、お先に……使わせてもらうね」

と言って、美奈が浴室に続く脱衣所へと入っていった。

彼女の姿が視界から消えると、隆史はふうっと深呼吸をする。どうやら、美奈と会った瞬間から、かなり緊張していたようだ。

ドアが開き、美奈が顔をのぞかせた。すでにワンピースを脱いでいて、下着姿になっていた。

ドアの隙間から、ちらりとブラとパンティだけの美奈の肢体がのぞいている。

豊満なふくらみがブラカップからはみ出ている。高校生の時、見たくて仕方がなかった、おぐっちのおっぱいだ。

「あ、あの……」

「はいっ、ど、どうしたの？」

声が裏返っている。見てはいけない、と思っても、つい、美奈のバストの隆起を見てしまう。

「バスタオルをおねがいします……」

そう言うと、美奈がドアを閉めた。

またも、ふうっと緊張がほぐれた深呼吸をする。シャワーの音が薄いドア越しに聞こえはじめた。

ああ、裸になったんだ。おぐっちが素っ裸で、すぐそばにいるんだ。

これで美奈が泊まることが決定的になった。もう脱いだのだ。やっぱり他を探します、と気が変わることはない。

「あっ、バスタオルを出さないと」

ぼんやりと感激に震えていた隆史は、急いで押し入れを開けた。バスタオルは替えを入れて二枚しかない。一応匂いを嗅いでみたが、まあまあ大丈夫か。

バスタオルはどこに置こう。やっぱり脱衣所だろうか。

隆史はバスタオルを手に、そっと浴室に続く脱衣所へと入る。シャワーの音がより大きく聞こえてくる。

脱衣所には洗面台があり、反対側の磨りガラスの引き戸の向こうが風呂場だ。ガラス越しに、ぼんやりと美奈の裸体が見えていた。

「あっ……」

はっきりとは見えないが、豊満な乳房の形が何となくわかる。白い裸体の曲線もぼやけつつ見て取れる。

なんてことだっ。あのおぐっちのヌードだ。オールヌードだっ。しかも、ライブだ。

シャワーの音がやんだ。美奈がボディソープを手のひらに出しているのがわかる。

そして泡立てた手を首筋に持っていくのが、わかった。

が、いかんせん、磨りガラスに湯気が加わり、ぼやけている。はっきりと見たい。

美奈の裸体をクリアに見たい。

美奈が鎖骨《さこつ》から乳房へと泡立てた手を下げていく。乳房を撫でている。泡まみれになっていく。

美奈がこちらを見た。まずいっ、と思った時には、磨りガラスのドアが開いていた。

「バスタオル、ありがとう。そこに置いていて」

上半身だけ出して、美奈がそう言った。

隆史は金縛りのようになっていた。まったく口がきけない。

美奈の乳房は泡まみれで、乳首も見えなかった。グラビアアイドルのＤＶＤでよく見る画《え》だった。泡ブラというやつだ。

髪をアップにまとめ、泡だけで乳房を隠しているおぐっちは、さながら妖艶な天使だった。

高校生の時に目にしていたら、即、暴発していただろう。今だって、大量の我慢汁を出しているのだ。

「近藤くん、大丈夫？」

美奈が泡ブラのまま、小首を傾《かし》げて、固まっている隆史を見ている。

「えっ、う、うん……ここに、置いておくね」

どうにか返事をすると、おねがい、と言って美奈が磨りガラスのドアを閉めた。

隆史はバスタオルを置くと、台所に戻った。

スーツ姿のままなのに気づき、上着を脱いでネクタイを外す。ワイシャツやズボンも脱いで部屋着になろうとした時、もっこりとした股間にシミが出てきていることに気付いた。

えっ、とスラックスを脱ぎ落とすと、我慢汁でブリーフが濡れていた。それがスラックスにまで伝わったようだ。

いつの間にかこんなに我慢汁を漏らしていたとは。もしかして、美奈に気付かれたのでは。童貞だとばれたかもしれない。三十にもなって、泡ブラを見て、スラックスに我慢汁の染みを作るなんて、童貞くらいなものだろう。

あたらしいブリーフに穿き替え、ジャージを着ようとしたが、勃起しているのがバレてはまずいと思い、ジーンズを穿いた。そしてTシャツを着ていると、風呂場に続くドアが開き、美奈が出てきた。

3

「あっ……」

思わず、童貞の隆史は声をあげていた。

美奈は裸体にバスタオルだけを巻いて、隆史の前にあらわれたのだ。だが考えるまでもなく、それは当然の格好といえた。

だって、脱衣所にはバスタオルしか置いてなかったのだから。着替えだ。着替えを忘れていた。

「お先にシャワー、使わせて頂きました」

と丁寧に言いつつ、元同級生の美女が六畳間にやってくる。

バスタオルは大判ではなかったので、美奈の胸元から太腿の付け根まで、ぎりぎり隠れている程度だ。胸元からはたわわに実った乳房の隆起がはみ出し、裾からは、あぶらの乗った太腿が露出している。

なんといっても肌が綺麗だった。銑白いというやつだ。鎖骨や太腿で拭いきれなかった水滴《すいてき》がきらきら光っている。

「そんなにじっと見ないで……」

美奈が頬を赤らめ、太腿と太腿をすり合わせる仕草を見せた。たまらないっ、たまらないぞっ。

「ああ……なんか、恥ずかしい……」

なんかどころか、かなり恥ずかしいだろう。この場合、俺も脱いだ方がいいのか。いや、それよりも着替えをどうするかだ。

「あ、あの、ごめん……女ものは置いてなくて」

「なにか裾が長いTシャツとか、あるかな」

「ああ、そうだね」

隆史は背後の押し入れを開き、ボックスを見る。裾が長めのTシャツがあった。それを取ろうとした時、隣にタンクトップがあるのに気づく。これも裾が長い。

タンクトップ……ノーブラにタンク……あのおぐっちがノーブラにタンク。いや、ノーブラどころではなくて、ノーパンじゃないかっ。

見たい！　是非とも、美奈のノーブラノーパンタンクトップを見たいっ！

「Tシャツあるけど、裾が短いなあ」

と言って、あえて一番裾が短めのTシャツを取って、美奈に見せる。

美奈は女性としては背が高い方で、小柄な隆史よりわずかに低いくらいだった。

「それ……たぶん、隠れないよ……」

と恥ずかしそうに、美奈が言う。隠れない、というのはノーパンの股間のことだよな、美奈っ。

イヒヒ、と狒々爺《ひひじじい》のような心境になる。

「タンクトップでよければ、裾が長いのがあるんだけど」

と言って、長いタンクトップを美奈に見せる。

「ああ、それでいいわ。それなら隠れるし」

そう言って、バスタオル一枚の美奈が寄ってくる。

心臓が早鐘状態になる。目と鼻の先にあるバスタオルを剝《は》ぎ取れば、いきなり素っ裸なのだ。いきなり、やれるのだ……やれる、美奈と……もしかして、おぐっちが俺の初体験の相手となるのかっ。

「なんか、近藤くん、目がエッチだよ」

タンクトップを受け取りつつ、美奈がそう言う。

「ああっ、ごめん……」

隆史はあわてて、美奈から視線をそらす。

「ちょっとだけ、後ろを向いていてくれるかな」

「えっ……」

「これ、着るから」

と美奈がタンクトップを掲げて見せる。すると腋の下がちらりとのぞき、どきりとなる。

「あー、またエッチな目になったっ」

「えっ、ごめんっ……」

隆史は謝りつつ、あわてて背中を向けた。六畳間が妙な沈黙に包まれる。

後ろでは、今、美奈がバスタオルを取っているのだ。バスタオルの下は当然、全裸だ。全裸っ。オールヌードっ。素っ裸っ。

振り向けば、おぐっちの裸が見れる。おぐっちの裸っ。高校時代、数え切れないくらい想像して、数え切れないくらいしごいていた、あの裸がっ。

「いいよ」

という美奈の声を聞いて隆史が振り向くと、そこにヴィーナスが立っていた。

バスタオル一枚も最高だったが、タンクトップ一枚もさらにそそった。しかも男ものゆえ、かなり襟ぐりが空いていて、すでにおぐっちのバストが半分近く露わになっているではないか。

それだけではない。乳首のまわりの乳暈が、はっきりとわかった。

長めの裾は太腿の三分の一近くを隠していて、とりあえず股間はガードされている。が、あの下はノーパンだと思うと、ドキドキが止まらない。

「あの、近藤くんって、もしかして……」

美奈が口を開いで、気まずそうに黙る。

「えっ、なんだい？」

「いや、別に……」

「なんだい、気になるな」

美奈の視線が、隆史の顔ではなく、股間に向いていた。つられて股間を見ると、ジーンズ前に染みがついていたのだ。なんてことだ。ジャージならまだしも、ジーンズにまで染みを作るくらい、我慢汁を大量に出しているなんて……。

「近藤くんて、ど、童貞だよね」

恥ずかしすぎる染みを見つつ、美奈が言った。

「えっ、いや、あはは、まさかっ……。だって俺、もう三十だぜ」

「知っているよ。私も三十だもの」

「だから、童貞はないよ……」

「そうかな。今時、珍しくはないかも」

確かに、そうかもしれない。

「私の身体、そんなに興奮するの？」

と美奈が大胆なことを聞いてくる。そこはやはり、もう、高校時代のおぐっちでは
なく、三十路《みそじ》の大人の女だ。

「えっ、いや、そ、そうだね……」

「高校の時、私のこと想像してオナニーしたりしてたでしょ？」

「えっ、いや……」

いきなり過激なことを聞かれ、隆史は狼狽える。

「私の胸や、裸を想像して、オナニーしてた？」

そう言いつつ、美奈が近寄ってくる。石けんの匂いが剝き出しの肌から薫ってくる。剝き出しの部分が多い。

「どうなの、近藤くん」

そう聞きつつ、美奈がぐっと美貌を寄せてきた。

「し、してたよ……お、おぐっちの裸、想像して……オナニーしてたよ」

美奈の勢いに気圧《けお》されて、隆史は思わず青春時代の告白を、本人の前でしてしまう。

「ヘンタイっ」

「ああ、ごめんなさいっ」

頭を下げて、そして美奈の顔を見て、はっとなる。

隆史を見つめる美奈の瞳が、妖しい光を宿していたのだ。

「ヘンタイだから、私にこんなエッチな服を着させたのね」

そう言って、美奈が横を向く。

「ああっ、横チチっ」

と思わず声をあげてしまう。男ものゆえ、タンクトップの脇がルーズで、そこから、たわわなふくらみの一部がのぞいていた。

もう乳首がぎりぎり見えていないだけで、乳房の上も横も、露わになっている。

「ワイシャツも、貸してくれるかな」

「えっ」

「だから、ワイシャツを着るから。童貞くんには刺激が強すぎるでしょう」

妖しい光を宿したまま、美奈がそう言う。当たり前だが、美奈は大人の女になっていた。高校を卒業して、もう十二年も経っているのだ。

それで言えば、隆史だって大人の男になっているはずだったが、少なくとも下半身の方は、高校時代と明らかに変わっていない。

確かに、横チチも露わな姿は刺激が強すぎて、おぐっちを襲いかねない。なんせジーンズに染みを作るくらい我慢汁を出しているのだから。

「ワイシャツだね……」

隆史は押し入れを開き、クリーニングに出したばかりのワイシャツを、袋ごと美奈に渡す。

ありがとう、と受け取った美奈は袋を破ったが、その時腕に力が入り、ノーブラの乳房がぷるんと弾《はず》んでいた。

ワイシャツを袋から出すと、美奈が隆史を見つめてきた。

なにも言わず、じっと見つめたまま、タンクトップの細いストラップを下げはじめる。

「えっ……うそっ」

このままだと、おっぱいが見えちゃうぞっ。自主的に後ろを見なくちゃいけない、とは思う。でも動けなかった。

金縛りにあったように、じっと立ったまま、露わになっていく美奈の胸元を見つめていると、美奈はなにも言わず、ぐっと引き下げた。と同時に、ぷるるんっとたわわに実った乳房があらわれた。

「あっ、おぐっちのおっぱいっ」

一気に青春時代の意識に戻る。ずっと想像していたおぐっちのおっぱいは、想像以上にそそった。形は円錐形というのだろうか。上に突き出たようなおっぱいである。

豊満な肉の丘の上で、芽吹きはじめた乳首がツンと上を向いている。

美奈はさらにタンクトップを下げていく。

見るな、とは言わない。かといって、挑発的というわけでもない。頬は羞恥《しゅうち》で真っ赤になっていて、すらりと伸びた足ももぞもぞさせている。

それでも恥ずかしさに耐えつつ、隆史の前でヌードを披露している感じなのだ。

もしかして、オナペットにしていたお礼か……いや、そもそもオナペットになっていてうれしいか？　むしろ非難することだろう。ヘンタイと言っていたじゃないか。お腹があらわれ、そして下腹の陰りまで、隆史の前で露わになった。

「あっ、ヘアーっ、おぐっちのヘアーっ」

青春時代に戻っているため、つい、おぐっちと言ってしまう。

美奈のアンダーヘアーは手入れでもされているかのように、品よく恥丘を飾っていた。割れ目のサイドには産毛《うぶげ》程度の陰りがあり、割れ目自体は透けて見えている。

「ど、どうかしら……想像していたのと違うかな」

男もののタンクトップを足下に落とし、生まれたままの裸体を晒《さら》しつつ、美奈が聞いてきた。隆史を見つめる瞳が、なにか潤《うるお》いを帯びてきている。

恥ずかしいのだろうが、かつてのクラスメイトに裸体を晒して、美奈自身も興奮しているように見えた。

「違うよ、想像と違うっ」

「ああ、ごめんね……がっかりした？」

「いや、違うよっ。その逆で、想像していたのより、ぜんぜん上だよっ。ああ、おぐっちの裸、ああ、最高だよっ」

青春時代に戻ったまま、隆史は声を上《うわ》ずらせて、ひたすら褒めていた。

「本当かな」

「本当だよっ」

「じゃあ、しごける？」

「えっ」

「私を見て、しごけるかしら」

鎖骨まで羞恥色に染めつつも、美奈は挑発するようにそう聞いてくる。

「そ、それは」

「やっぱり、がっかりなのね。だからしごけないのね」

「そんなことはないよっ。最高だよっ。しごけるよっ。いや、しごきたいよっ、おぐっちっ」

そう叫び、隆史はジーンズのボタンを外すと、ジッパーを下げていった。

ブリーフは、はち切れんばかりのテントを張っていて、先端が当たっている部分は、大量の我慢汁で変色していた。

ブリーフも下げようとして、ふと美奈の目が気になる。童貞なこともあって、ひどく恥ずかしい。

「どうしたの？　近藤くん。私は裸なのよ」

そうだ。おぐっちはすでに全裸なのだ。俺が恥ずかしがってどうする。

思い切ってブリーフを下げると、弾けるようにペニスがあらわれた。先端は真っ白になっている。

「あっ、すごい、近藤くん……近藤くんも男なんだね」

「そうだよ。童貞だけど、男だよ」

そう言って、ペニスを摑む。美奈の裸体を前にして、鋼《はがね》のようだ。

これをおぐっちの中に入れることが出来ればいいのだが、現実は厳しい。自分でしごかなくてはならないのだ。

「高校の時みたいに、私でオナニーしてみて」

火を吐くようにして、美奈がそう言う。

4

隆史はうなずき、しごきはじめる。するとすぐにどろりと、あらたな我慢汁が漏れ出てきた。

「ああ、すごい……ああ、すごく我慢しているのね」

すぐそばに生身《なまみ》のおぐっちが、生まれたままで立っているのだ。

形良く張った乳房、平らなお腹、悩ましい股間。美奈のすべてがあった。

いや、違う。本当のことを言えば、まだ、美奈のすべては見ていない。

「あ、あの……おぐっちを思ってオナニーしていた時……裸だけじゃなくて、あの……その割れ目の奥も……想像していたんだ」

ここまで来たら、なにもかも告白した方がいい。

「割れ目の奥……あっ……そうね……そうよね……高校生の頃なら、余計よね」

美奈は理解を示してくれる。ヘンタイとは言わない。高校生の頃だったら、それでもう口もきいてくれなかっただろうが、三十になった今だからこそ、理解してくれる。

三十歳になったおぐっちも、またいい。

「だから、あの……オナニーするなら、見たいんだ」

「見たいって……」

「だから、割れ目の奥を」

「えっ、おま×こをっ、私のおま×こを見たいって言うのっ？」

いきなり、美奈の口から卑猥な四文字がこぼれ出て、隆史の方が狼狽えた。

「そ、そう。おま×こだよ、おぐっちのおま×こを見たいんだ。おま×こ見ながら、しごきたいんだっ」

もう怖いものはなにもない。童貞として、オナニーを極めたい。リアルオナペットを前にしてしごくなんて、最高のオナニーではないか。

「ああ……やっぱり、近藤くんって、ヘンタイね……だから童貞なんだわ」

そんなこと言われても、構わない。見せろ。おま×こを見せてくれっ、おぐっちっ。

「そうだよっ、ヘンタイだよっ。だから、おぐっちのおま×こ見せてよっ」

「ああ……はあっ……」

美奈は火の息を吐いて、白い裸体をくなくなさせている。

「わかったわ……おま×こ、見せるから、しごいて」

そう言うと、右手の指を割れ目に持っていく。それだけで、あらたな我慢汁がどろりと出てくる。

「ああ、すごい……もう射精しているみたいだね」

「射精はもっとすごいから」

「ああ、そうなの……」

美奈がすうっと通った割れ目を自らの指でくつろげはじめる。

その途端、ピンクの花びらがあらわれた。

「あっ、おぐっちのおま×こっ」

と思わず叫んでいた。そして、美奈に近寄ると、しゃがみ、露わにされた花びらに顔を寄せていく。すると、

「やっぱり、だめっ」

と美奈が割れ目を閉じた。

「開いてっ、ああ、開いて、おぐっちっ」

ここまできて収まりのつかない隆史は、必死に迫る。

「あ、ああ……ヘンタイっ、ヘンタイっ」

と言いながらも美奈は、ほだされたように、再び自分の指で割れ目を開いていく。

今度は、隆史の目の前で、花びらがあらわれた。それは、しっとりと潤み、なにかを求めるように、収縮を見せていた。

見ているだけで、なにかを突っ込みたくなってくる。

なにかじゃない。ち×ぽだろう。ち×ぽを突っ込むんだろうっ。

こうして間近で見て、息づかいまで感じると、おま×こはち×ぽを入れるための穴だとひしひしと感じた。見てしごくためだけの穴じゃないんだ。

「ああ、入れていいかな」

隆史は考えるより先に、美奈にそう聞いていた。

「えっ」

「僕のち×ぽ、おぐっちのおま×こに入れていいかな」

「だめよ……オナニーして見せて」

美奈は割れ目を広げたままだ。

「オナニーは変だよ。目の前に入れる穴があるんだよ。入れなきゃっ」

「なに言っているの」

美奈の肉襞《にくひだ》がきゅきゅっと動く。誘っているんだ。入れて欲しい、とおま×こは言っているんだっ。

「おま×こはち×ぽで塞《ふさ》がれるためにあるんだ。ち×ぽ、入れないとっ」

そう言うと、隆史は立ち上がり、おぐっちっ、と抱きついていった。

あっ、と抱きつかれるまま、美奈はすり切れた畳の上に仰向《あおむ》けに押し倒される。隆史は女体に覆い被さるようにして、ペニスを彼女の股間に押しつけた。

「だめっ、入れてはだめっ」

「おぐっち、今、彼氏はいるの？」

鎌首で割れ目を突きつつ、隆史は聞く。

「いないわ……ああ、いたら、泊まらないわ……」

「そうだね、そうだよね。ち×ぽ、入れるよ、ああ、おぐっちのおま×こに、ち×ぽ入れるよ」

そう言って隆史はがむしゃらに突きまくるが、まったく挿入できない。童貞のくせに、AV男優のようにスムーズに繋がろうとするのが、そもそもの間違いなのだ。そうこうするうち、興奮しすぎて、出しそうになる。

あせって鎌首を割れ目からいったん離そうとした時、美奈がペニスを掴んできた。

ここよ、と美奈は優しく導いてくれたのだが、敏感すぎる裏筋をなぞられ、無情にも隆史は暴発してしまった。

「おうっ！」

絶叫し、どくどく、どくどくと射精する。

「あっ、うそっ……」

美奈は驚きつつも、鎌首から手を引かなかった。鈴口《すずぐち》から飛沫を噴き出し続ける鎌首をなぞり続ける。それゆえ、射精が止まらない。自分の手以外の手で刺激を受けて、脈動が収まらなくなっている。

もう、美奈の割れ目はどろどろだ。品よく手入れされている恥毛も、ザーメンまみれになっている。

それでも、美奈は裏筋を撫で続けた。

ようやく脈動が収まり、途端に隆史は、大変なことをしてしまった、と慌《あわ》てる。

「あっ、おぐっちっ、ごめんなさいっ」

中に入れて出すならまだしも（いや、中出しもだめだが）、入れる寸前で出すなんて、まさに童貞男の所業であった。

隆史は上体を起こした。美奈の股間を見る。ヴィーナスの恥丘がザーメンだらけになっている。

「ああ、なんてこと……汚しちゃったね」

ティッシュを、と六畳間を見渡すが、すぐには見当たらない。どこに置いたっけ、とあせっていると、ペニスに快感が走った。

ああっ、と声をあげ股間を見ると、美奈の舌が萎えつつあるペニスの先端を這っていたのだ。

「あっ、そんなっ、いいよっ、やらなくていいよっ」

美奈は膝立ちの隆史の股間に美貌を埋め、ぺろぺろとザーメンまみれのペニスを舐《な》めている。

「ああっ、ああっ、おぐっちっ」

美奈が唇を開き、鎌首を咥えてきた。そのまま、根元まで一気に頬張ってくる。

「ああっ……」

隆史だけが、ずっと声をあげている。

「うんっ、うっんっ……うんっ」

隆史の股間で、憧れのおぐっちの美貌が上下している。

萎えつつあったペニスが、美奈の口の中で、瞬く間に大きくなっていく。

「う、うんっ、うっんっ」

美奈の唇を出入りするペニスの胴体が、太くなっていくのがわかる。ザーメンだらけだったのがうそのように、彼女の唾液でぬらぬらになっている。

美奈が唇を引き上げた。

「ああ、うれしい。もう、こんなになっているわ」

「だって、おぐっちにお掃除フェラしてもらえるなんて……ああ、感激だよ」

隆史は実際半泣き状態になっていた。

「あんっ、どうしたの？　どうして泣きそうな顔をしているの」

と聞きつつ、美奈が隆史の顔を両手で挟み、上気させた美貌を寄せてくる。

甘い息がかかったと思った瞬間、口を塞がれた。あっ、と思った時には、ぬらりと美奈の舌が入ってきた。

ああっ、キスしているっ。ああ、ただのキスじゃないっ。ベロチューだっ。ああ、俺はあの、おぐっちとベロチューしているんだっ。

身体ががくがく震えだす。舌をからませていると、震えが止まらなくなる。

おぐっちっ、ああ、おぐっちっ。

ベロチューしたまま、美奈が隆史を押し倒してきた。今度は隆史がすり切れた畳の上で仰向けになる。

「ああ、うれしいよ近藤くん。私とキスして、こちこちにさせてくれているのね」

隆史のペニスは天を衝《つ》いていた。大量のザーメンを出したのがうそのようだが、美奈の股間を見ると、そこはザーメンまみれで、どろりどろりと白濁が垂《た》れ落ちていた。

「私ねえ……付き合っていた彼氏がいたの……」

「そ、そうなんだ……」

ペニスをしごきつつ、美奈がそう言う。

「でも彼、私じゃ勃《た》たないっていうの」

「えっ、うそっ!?」

「最近、自信喪失していたの」

だから、隆史の前で裸になったのか。自分の身体を見て、勃起するかどうか知りたかったのだろう。

「こんなに勃ってくれて、自信を取り戻せたわ。ありがとう、近藤くん」

これはお礼よ、と言うと、美奈が隆史の股間を跨いできた。そして、逆手でペニスを摑むと、ザーメンまみれの恥部を落としてくる。

「あっ、もしかして、えっ……お、おぐっちっ」

先端が割れ目に触れたと思った次の瞬間、熱いものに包まれていた。

「あうっ……」

美奈があごを反らしつつ、隆史のペニスを呑み込んでくる。

隆史のペニスが、童貞ペニスが、どんどんと熱い粘膜に包まれていく。

「ああっ、おぐっちっ」

仰向けになっているため、自分のペニスが美奈の中に呑み込まれていく淫絵《みだらえ》を、はっきりと見ることが出来ていた。

「ああ、硬いっ、すごく硬い」

美奈が完全に、隆史のペニスを咥えこんだ。ザーメンまみれの恥毛と、隆史の剛毛がからみあう。

「ああ、いっぱいよ……近藤くんのおち×ぽで、いっぱいよ」

そう言った後、美奈が、うふふと笑う。

「どうしたんだい」

「だって、近藤くんのおち×ぽだよ。近藤くんのおち×ぽが、私の中に入っているなんて、嘘みたいでしょう」

「そうだな。嘘っていうか、ああっ、夢みたいだ」

だがこれは現実だ。隆史のペニスは今、リアルにおぐっちのおま×この中にあるのだ。まさに夢のような話だが、最終に乗り遅れた憧れの元同級生を自宅に泊めて、童貞を卒業させてもらっているのだ。

高校時代、こうなる場面を妄想して、いったい何度しごいただろうか。数え切れないくらい、妄想のおぐっちでオナニーしてティッシュに出していた。

美奈が腰をうねらせはじめた。のの字を描くように、動かす。

女性上位で繋がることに慣れている動きに見えた。おぐっちも大人になったんだ。

高校の頃のおぐっちとは違うんだ。

「ああ、ひとつだけ……聞いていいかな」

ペニス全体を絞《しぼ》り上げられる快感にうめきつつ、隆史は聞く。

「はあっ、ああ、なにかしら」

「あの、高校の時は……あの、処女だったの？」

「えっ、ああ、処女だったわ……」

「高田《たかだ》と付き合っていただろう」

「ああん、付き合っていたわ……でも、キスまでよ」

そうか、キスはしていたのか。処女だったと聞いて、安堵《あんど》したが、キスしていると聞いて、嫉妬で胸がざわつく。

「あれ、高校時代の高田くんに……あ、ああっ……嫉妬しているのかしら」

火の息混じりに、美奈が聞いてくる。

「嫉妬しているよっ。俺もキスしたかったよっ」

「ごめんね、代わりに今、いっぱいしよ……」

と、繋がったまま美奈が上体を倒してくる。たわわな乳房を押しつけつつ、火の息を吐く唇を寄せてくる。

重ねる寸前で、半開きにさせて、舌を出しつつ、キスしてくる。

「う、うんっ、うっん」

ああ、なんてことだっ。おま×こでち×ぽを締め付けられながら、キスしている。口も、ち×ぽも、おぐっちと繋がっているんだっ。

「ああ、突いてっ、近藤くんっ、美奈を突いてっ」

唾液の糸を引くように唇を離すと、美奈が甘くかすれた声でそう言ってきた。

隆史は美奈の腰を摑むと、ぐぐっと下から突き上げていく。

「あうっ、もっとっ」

こうかいっ、と隆史は渾身《こんしん》の力を込めて、美奈のおま×こを突き上げる。

「ああっ、もっとっ……ああ、近藤くんっ、もっとっ」

美奈が背中を反らし、さらなる突きをねだってくる。

激しく突きまくりたいのはやまやまだったが、そうもいかない。おぐっちのおま×こが気持ち良すぎて、はやくも出そうなのだ。さっき誤爆していなかったら、入れた瞬間、包まれた瞬間、出していただろう。

おま×こは隆史の想像をはるかに凌駕するほど気持ち良かった。

先端から付け根まで熱い粘膜に包まれているだけでも最高なのに、それがざわざわと動いて締めてくるのだ。しかも、美奈の媚肉《びにく》はきつきつだった。きつかったが、ぐしょぐしょに濡れているため、上下に動かせていた。

「出していいのよっ、だから、突いてっ」

隆史の気持ちを察して、美奈がそう言う。なんて大人の女性なのか。

隆史は緩《ゆる》めることなく、ずどんずどんと突き上げていく。

「あっ、ああっ、それ、それっ、いい、いいよっ、近藤くん、気持ちいいよっ」

隆史の責めにおぐっちが応えてくれている。

隆史の視界が曇る。また感激で涙をにじませているのだ。

「ああ、おぐっちっ、おぐっちっ」

隆史は泣きつつ、美奈を突き続けた。すると、射精の予感を覚えた。少し突きが鈍る。

「そのまま、いいのっ、出してっ、美奈の中に近藤くんの、ちょうだいっ」

「い、いいのかい」

「欲しいのっ。ずっと私を好きでいてくれた、近藤くんのザーメン欲しいのっ」

乳房が上下左右に弾みまくっている。

「ああ、出すよっ、おぐっちに出すよっ、受け取って、ああ、受け取って、おぐっちっ」

急激に射精の予感を覚え、ここぞとばかりに渾身の力で突き上げた。

「あうっ」

美奈がいったような表情を見せた瞬間、隆史も出していた。

凄まじい勢いでザーメンが噴き出す。

「あっ、いく……いくいく……」

美奈がいまわの声をあげ、がくがくと汗ばんだ裸体を震わせる。

「おぐっちっ、出る、おぐっちの中に出すよっ」

脈動が収まらない。ついさっき誤爆しているはずなのに、どくどく、どくどくと止《と》め処《ど》なくザーメンが噴出し続ける。

「いくいくっ」

美奈も中出しアクメをして、いまわの声を上げ続ける。

やっと脈動が止まると、美奈が再び上体を倒してきた。

火の息を吐く唇を押しつけてくる。ぬらりと舌と舌がからみあう。

隆史は汗ばむ美奈の背中を抱きしめ、男になった感激に浸っていた。

「ありがとう。おぐっちが最初の女で良かったよ」

「ああ、私もうれしいわ」

二人は恋人同士のように見つめ合い、そしてまた、キスしていった。

第三章　美女後輩の淫ら素顔

1

晴れて童貞を卒業できた隆史だが、だからといって、日常はなにも変わらなかった。当たり前と言えば当たり前なのだが、正直、なにか変わってくれるのでは、という期待もしていたので、ちょっと残念だ。

相変わらず仕事中、何度も麗子係長を見てしまう。男になりましたよ。俺のち×ぽでクラスのマドンナだった女をいかせましたよ、と自慢げに見やる。

が、麗子はその視線に気付かない。

実は、文具博に向けての準備がちょっと遅れ気味なのだ。そのため、フロア全体が少しカリカリした雰囲気になっていた。

そんな中、おぐっち相手に男になった隆史だけが、お花畑の中にいる状態だ。

文具博はもともとの企画に加え、上からもっとインパクトのある企画を求められ、急遽、いわゆるガチャの企画が追加され、その準備に部署全体が忙殺される毎日というわけだった。


「そういえば吉高《よしたか》さん、終電大丈夫なの？」

最後まで居酒屋に残った女性の後輩社員に隆史が訊ねると、彼女は気楽に頷いた。

「大丈夫ですよ。N線は終電遅いんです」

「N線じゃないだろ。引っ越して、変わったって言ってなかった？」

「え？　……あっ、そうだ、もうN線じゃなかった！　えっ、R線は何時だっけ!?」

あわてた表情で、吉高由貴《ゆき》が携帯を操作する。

「うそっ、もう終電終わってます……」

すぐに泣きそうな顔になり、由貴は隆史を見つめてきた。

ここは会社のある池袋の居酒屋。残業で会社に居残れないため、企画部の社員はみんな居酒屋に集まって、夕食兼飲み会兼会議を開いていたのだが、終電だから、と一人抜け二人抜け、そしていつの間にか、隆史と由貴だけになっていたのだ。

隆史が乗る私鉄もとうに終電は出ていたが、ここから歩いても自宅アパートは三十分ほどなので、最後までアイデア出しをしていた由貴に付き合っていたのだ。

別に隆史が仕事熱心だからではなく、由貴が可愛かったせいでもある。由貴は去年入社した二年目の社員で、現在のところ、N文具一の美形だった。麗子係長ももちろん美人だったが、若さで由貴がほんの少しリードしていた。

ボブカットが似合い、誰とも話せる気さくな性格の由貴は、社内のマドンナ的存在なのだ。そんなマドンナと、今夜は自然とふたりきりになっていた。

由貴は週末、R線沿線の新しいアパートに引っ越したばかりで、酔っていることもあり、終電の時間を勘違いしていたようだ。

「ああ、どうしましょう」

と由貴が救いを求めるように、隆史を見つめてくる。綺麗だ。瞳が澄んでいる。もしかして処女だろうか。いや、それはないか。これだけの美人を男たちが放って置くことはない。

「近藤さんは、大丈夫なんですか」

「うん、うちはここから歩いて三十分くらいだから」

「えっ、もしかして、私に付き合って、先輩も終電を逃していたんですか」

「まあね」

「えっ、そんなっ。すいませんっ」

居酒屋もすでにほとんどの客が引き上げ、静かになっている。人が少ない店内に、由貴の声が響く。

今日の由貴は、半袖のニットにタイト気味のスカートというカジュアルな服装だ。美貌の割に人懐《ひとなつ》こい彼女らしい装いである。

そして隆史は、やはりニットは最強だと実感していた。なんといっても胸元のラインがエロいのだ。由貴も麗子ほどではないが、なかなかのバストの持ち主である。

居酒屋会議中、隆史はずっと由貴のニットの胸元のふくらみを見ていた。

「ああ、どうしよう……うち、けっこう遠いんです。タクシーはちょっと無理です」

「始発まで、ここで時間を潰すしかないね。いっしょにいるよ」

と隆史は言う。

「そんなっ。近藤さんは帰ってください。私はどうにかしますから」

「どうにかって、どうするの？」

「いやあ、それは……でも、近藤さんは帰ってください。私になんかに、付き合わなくていいです」

由貴はとても恐縮していたが、隆史的には、由貴となら喜んで始発までいっしょに過ごしたい。

「いっしょにいるよ」

「ああ、そんな……申し訳ないです」

由貴は宙を見つめ、しばらく黙る。なにかを考えている時の顔だ。それがまた、可愛らしい。

「じゃあ、こうしましょう。とりあえず、近藤さんは自宅に帰りましょう。私もいっしょに行きますから、それでいいでしょう」

「え？　いっしょに帰った後、吉高さんはどうするの？」

「近くにファミレスかなにか、ありませんか。そこで、始発まで過ごします」

「そうかい……。わかった、そうしよう」

と隆史は立ち上がった。隆史のアパートの近くには時間を潰せる場所はない。一応、先月まではマンガ喫茶があったのだが、廃業してしまった。

それがわかっていて、あえて隆史は由貴の提案に乗った。もちろん、彼女を泊めるためだ。

おぐっちに男にしてもらって、隆史は女性とうまくやるコツを掴みつつあった。

居酒屋を出て、S町方面へと向かう。

「私、仕事でなにか迷惑かけてませんか」

「えっ、どうして？」

「なんか、私っておっちょこちょいなんです。今日だって、終電間違えたし」

そう言いながら歩きつつ、由貴があっとよろめいた。

隆史の腕にしがみついてくる。

大丈夫かい、とほっそりとした腰に手をまわす。我ながら、驚きの動きだ。

童貞を卒業してもなにも変わらないと思っていたが、違ったらしい。

女性に対して余裕のようなものが出てきていた。やりたい盛りの高校生から、いきなり経験を積んだ三十男に成長していた。

たった一発（しかも、おぐっち主導のエッチ）だったが、入れるのと入れないのとではやはり違うのだ。

「すいません。なんか飲み過ぎたみたいです……いまだに加減がわからなくて、席を立って、歩きはじめてふらっとなるんです」

確かに由貴はけっこう飲んでいた気がする。

ふらつくのか、彼女はしっかりと隆史の腕を掴んできている。上着越しなのが惜しい。が、こちらのニット越しは、なかなかいい感じだ。

自分の上着の下にはワイシャツ、Tシャツとあるが、ニットの下は恐らく素肌だ。

薄い生地越しに、由貴の肌感が伝わってくる。

「文具ガチャ、いいアイデアだと思うんですけど、中身がいいのがないですね」

「そうだね」

それから、アパートに着くまでのおよそ三十分、ガチャの中身を思いつくまま言い合った。

ひとりでの帰り道は長く感じるが、可愛い子との三十分はあっという間だ。

「ここだよ」

ほどなくして、隆史のごくありふれた二階建てのアパートに二人は到着した。

「じゃあ、私、ファミレスへでも……」

と言って由貴はあたりを見回すものの、付近にも、来た道にもファミレスはない。

「ちょっと寄っていくかい」

とさりげなく、隆史にしては、あまり緊張せずに、誘う言葉を出せた。やはり男になった効果か。

由貴は隆史を見つめ、また宙を見つめる。しばしの沈黙。

「じゃあ、ちょっとだけ、お邪魔します」

と由貴は言った。

2

隆史は会社のマドンナの寝顔を前に、ずっと勃起させていた。

彼女は見た目よりかなり酔っ払っていたようで、部屋に入って隆史がコーヒーを淹れている間に、寝てしまったのだ。

今、六畳間のすり切れた畳の上に、ごろんととても無防備な状態で彼女は寝ている。

仰向けで、両腕を万歳するようなかっこうだ。半袖がたくしあがり、二の腕の裏側が付け根近くまで露わになっている。

抜けるように白い肌が、眩《まぶ》しい。絹のような肌触りを想像出来る。

そしてなにより、ニットの胸元のふくらみが、隆史を誘っている。

触りたい……いや、だめだ……。

もしかしてやれるかも、と思って、アパートまで連れてきたが、無防備な寝顔を見せられると、手を出しづらい。

部屋に入ってすぐに寝たのは、安心している証だろう。まあ、隆史を男として見ていない証でもあったが……。

そこは複雑な気分だったが、悪戯《いたずら》は出来ないと思う。

「うーん……」

うめき声をあげて、由貴が右足の膝を立てた。すると、タイトミニの裾がいきなり大胆にたくしあがり、生の太腿が付け根近くまであらわれた。

それは二の腕の内側同様、隆史を誘ってきた。二の腕の白さは眩しかったが、太腿の白さは股間にびんびんくる。

「あ、ああ……」

由貴の右手が胸元に向かう。そっと手を置き、悩ましい吐息を洩らす。

いったいどんな夢を見ているのだろうか。

触りたい。だめだ。ああ、ちょっとだけなら。いや、だめだ。由貴は俺を信頼しているんだ。その信頼を裏切ってはだめだ。でも、ちょっとだけなら。

「ああ、ゆうたくん……」

と由貴がつぶやいた。

ゆうた？　いったい誰だ。会社にそんな名前の男はいたっけか？　名字は知っていても、男の下の名前まではよく知らない。

「ああ、見てるだけじゃ、いや……」

いきなり由貴がそうつぶやき、隆史はドキンとする。

起きているのかっ？　誘っているのかっ？

観察するが、どうやら寝言のようだ。

「ゆうたくん……いじわるしないで……」

そうつぶやきながら、さらに右膝を立てていく。

するとパンティがあらわれ、おうっ、と思わず声をあげてしまう。まずい、と思ったが、由貴は夢の中のままだ。

由貴のパンティは淡いピンクだった。ローライズというやつか。腰に引っかかっているようなタイプで、ちょっとでもずれると、アンダーヘアーがのぞきそうだ。

由貴のパンティ、由貴のパンティ。

隆史は思わず、会社のマドンナの恥部に顔を寄せていく。触らなければ大丈夫だと、思い切って顔を近づける。

すると、甘い性臭が薫ってきた。股間を直撃するような匂いだ。

もう午前二時近くになっている。今日一日、長時間過ごして、まだ風呂に入っていないのだ。一日ぶんの匂いが丸ごとこもっている。

思えば、麗子係長も美奈もシャワーを浴びた後に接していた。今、隆史の前にはシャワーを浴びる前のおま×こがあるのだ。

じかに嗅いでみたい。由貴の生のおま×この匂いを。

「ああ……脱がせて……ああ、見て……ああ、由貴を見て」

由貴の声に、隆史の心臓は止まりそうになる。怖《お》ず怖ずと由貴を見ると、目を閉じている。さっきまでの寝顔のままだ。

これも寝言か。彼氏とエッチしている夢なのか。

寝言であっても、由貴は脱がせてと言っている。見て、と言っている。脱がせて、そして見て、ということは、おま×こを見てということだろう。

きっとそうだ。間違いない。

隆史は自分に都合のいいように解釈して、そっとパンティの結び目を摘《つ》まむ。それを引くと、パンティがはらりとめくれた。

由貴の恥部が露わとなる。かなりの薄毛だった。恥丘にはひと握りの陰りしかなく、すうっと通った割れ目のサイドには、産毛程度のヘアーしかなかった。

見た目は由貴らしい可憐な佇まいだったが、そこから薫る匂いは、かなり濃かった。

一日分の匂いが割れ目の中に充満していて、それがじわっと割れ目から洩れているような感じだ。

可憐な由貴には似合わない濃い目の牝《めす》の性臭に引き寄せられるように、隆史は割れ目にじかに鼻をこすりつけていく。

クリに当たったようで、あっ、と由貴が声をあげた。

由貴の寝顔を窺《うかが》いたかったが、もう顔を上げることが出来なくなっていた。そのまま鼻を割れ目に押しつけ、めりこませていく。

すると鼻にぬめりを覚え、同時にくらくらするような性臭が湧き上がってくる。

「ああっ、由貴っ」

隆史は割れ目を開き、そこに鼻をめりこませていった。

うんうんうなって、我が社のマドンナのおま×この匂いを嗅いでいく。

「あっ、だめ……」

由貴が声をあげる。起きている気もしたが、起きていて本当に嫌だったら、隆史を突き飛ばしているだろう。まだ彼女は夢の中のはずだ。ゆうたくんにおま×この匂いを、じか嗅ぎされている夢を見ているに違いない。

生まれて初めて嗅ぐ、淫らな媚肉の匂いは、隆史の脳天と股間を直撃していた。

麗子と美奈との経験がなかったら、即、暴発していただろう。すでにふたりの美女と接していることで、ぎりぎり射精を我慢出来ていた。

それくらい、由貴のおま×この匂いは、刺激的過ぎた。この世のどんな香水よりも、この世のどんな汗の匂いよりも、今嗅いでいる由貴のおま×この匂いに男は虜《とりこ》となるだろう。

おま×こに鼻を埋めているだけで。そこで呼吸をしているだけで、しごくことなく射精出来そうだった。

隆史は息継ぎするように、いったん、由貴のおま×こから顔を上げた。由貴を見る。変わらない寝顔を見せている。

が、気のせいか、頬が上気しているように見える。

そしてあらためて恥部を見る。すでに割れ目は閉じていた。

指を添えて開くと、真っ赤に発情した媚肉があらわれた。

「エロい……！」

と隆史は思わず声を漏らしていた。

うーん、と由貴がうめき、うつ伏せになる。

隆史の視界から極上の花園が消えたが、代わりに、ぷりっと張ったヒップがあらわれていた。

由貴はTバックを身につけていた。パンティはフロントをめくっただけだったが、キュートなラインを描く尻たぼがすでに露出している。

我が社のマドンナはTバックを穿いて仕事をしていたのか……。

発情した媚肉といい、この下着といい、もう処女じゃないよな、と思う。ゆうたくんにやられているのだろう。

まあ仕方がない。こんな美人が二十四にもなって処女のままなんて、そっちのほうがありえない。しかし、なんてヒップラインなんだ。

彼女のフェロモンに当てられてか、隆史は大胆になっていた。すぐさま手を伸ばし、尻たぼをそろりと撫でる。

すると、しっとりと尻たぼが隆史の手のひらに吸い付いてくる。想像以上の手触りだ。

太腿はもっと手触りがいいのでは、と続白い太腿の内側に手を置き、撫でていく。やはり、絹のような手触りだった。

「ああ、そこじゃないわ……違うでしょう、ゆうたくん」

由貴が言う。やはり起きているのでは。いやそれはない。俺はゆうたではないのだ。

イケメン社員でもない。つい三日前まで童貞だった女に縁《えん》がない男なのだ。

目覚めたら由貴はすぐに、きゃあっと叫ぶだろう。叫ばないことが、逆に眠っていることを証明している。

「ああ、じらさないで……ああ、見て……由貴のすべてを見ていいのよ」

すべてを見ていい、とはどういうことだ。すでにおま×こは見ている。

ひっくり返しておっぱいを見ろ、ということか。しかし、ここで寝返りを打たせるのは危険過ぎる。今でも、相当危ないのだ。もう、やめるにやめられずに、由貴の尻と太腿を撫でているのだ。

ここまでだ。もう充分じゃないか。幸運はそんなに続かない。ここが引き時だ。

隆史は思いきって、尻たぼと太腿から手を引いた。

由貴はうつ伏せのまま寝ている。横顔が愛らしい。

さっきと違い、唇が半開きになっている。そして頬が赤くなっていた。

感じているのか。俺に触られて……。

そうだ、この状態で目覚めても、感じてしまっている自分を恥じて、隆史を非難しないかもしれない。いやしかし、バレたら危険すぎる……。

隆史は悩むあまり、固まっていた。

3

「ああ、これで終わりですか」

不意に由貴がそう言った。間違いなく寝言のトーンではない。

隆史の心臓が、一瞬止まった。

「あっ、吉高さんっ、あ、あのっ……ごめん、あの……いつから起きていたのっ」

「お、おま×こ見られて、起きました……恥ずかしすぎて、うつ伏せになったんです」

「そ、そうなのか。いや、ごめん……あの、悪戯する気ではなかったんだ……ああ、吉高さんの信頼を裏切るようなことをして、あの、ごめん」

「それより、これで終わりでなんですか」

とまた、由貴が聞いてきた。うつ伏せ、ヒップ丸出し、目を閉じた横顔を見せた状態のままでいる。

「えっ……」

「さっき寝言で言ったこと、本当です」

「えっ、さっき……あの、すべてを見ていいって……」

はい、と由貴が目を閉じたまま、こくんとうなずく。

「でも、もう、おま×こはちらっとだけど、見たよ」

「恥ずかしかったです……だから、すぐにうつ伏せになったんです……」

「ごめんよ……もう見ないから……」

「ここまで由貴を見ておきながら、ここでやめるんですか」

由貴が言っている意味がもうひとつわからない。

ここまで興奮させて、梯子《はしご》を外すのか、という意味とも微妙《びみよう》に違う気がする。由貴はむしろ、すべてを見られていないことに不満を抱いているようだ。

すべて……。隆史の目の前には、ぷりっと張ったキュートなヒップがある。

もしかして、ヒップの奥の……穴のことか……。

隆史は目を閉じたままの由貴の横顔を窺いながら、そっと尻たぼに手を置いた。

すると、ぴくっとうつ伏せの身体《からだ》が動いた。

隆史は両手を尻たぼに置き、由貴の横顔を見ながら、肉尻を開いていく。

みるみる頬が赤く染まっていくが、由貴は拒まない。

彼女が目覚めているのに拒絶してこないことに驚きつつ、隆史は尻の狭間《はざま》に目を向ける。尻たぼがぶ厚いため、尻の狭間は深い。その谷底に、小指の先ほどの窄《すぼ》まりが息づいているのが見て取れる。

「これ、お尻の穴なの……?」

あまりに可憐な蕾《つぼみ》すぎて、そこが排泄《はいせつ》器官だとは思えなかった。

「はい……由貴のお尻の……あ、穴です」

そう答えると同時に、尻の穴がきゅきゅっと収縮を見せた。

「綺麗だ。ああ、綺麗だよ、吉高さん」

「あ、ああ……恥ずかしいです……でも、うれしいです」

「う、うれしい……」

由貴は自分の秘めた部分を見られるのが好きなのか。感じるのか。

「ああ、見ているだけですか」

「えっ……」

「さっきみたいに、あの、鼻を押しつけたりしないんですか……」

「い、いいのかい、そんなことして」

「は、はい……さっきも、うれしかったんです……」

「そ、そうなの……」

「そうじゃなかったら、叫んでました」

それはそうかもしれない。

「近藤さんだから、です……」

と由貴が思わぬことを言う。

「えっ、そ、それっ、どういう意味っ」

それには答えない。でも、剝き出しになっている尻の穴は、ひくひくと誘っている。

もしかして、好きだという告白なのかっ。いや、それはないだろう。相手は我が社のマドンナなのだ。とびきりの美人社員なのだ。まさか俺なんかを……。

でも、好きだから、アパートに来たのではないのか、おま×こに顔を埋められても騒がなかったのではないのか。

「あ、あの、吉高さん」

はっきり聞こうとすると、

「ああ、お尻もおねがいっ」

と由貴が誘ってきた。はいっ、と隆史はぐっと尻たぼを広げ、由貴のヒップの狭間に顔面を埋めていく。

今回は舌を出し、いきなり、ぺろりと尻の穴を舐めていた。すると、

「ひゃあっ！」

と由貴が声をあげた。面食らったような声だ。でも、逃げない。ヒップを、お尻の穴を、隆史に委《ゆだ》ねたままでいる。

これでいいんだ。これでいいんだ、と思い、ぺろぺろ、とN文具のマドンナの肛門を舐めていく。

「あっ、そんな……ああ、汚いです……ああ、近藤さん、汚いです」

汚いとはまったく思わない。由貴の秘めた穴を舐めることが出来て、異様な興奮状態にいた。

由貴が腰を浮かせてきた。前もいじって、ということだと思い、尻の穴をしつこく舐めつつ、右手の人差し指を蟻の門渡りに這わせていった。

「あ、あんっ……」

由貴が敏感な反応を見せて、きゅきゅっと尻の穴を動かす。舌先が締め付けられる。そのまま人差し指を前へと伸ばし、割れ目をなぞった。すると、指先に粘りを覚えた。愛液をにじみ出させているのだ。

人差し指を由貴のおんなの穴に入れていく。

「ああっ」

燃えるような粘膜が、人差し指に一斉にからみついてきた。

清楚系の身体の中に、エロエロの肉襞が潜んでいたとは。

人は見かけによらないものだ。まあ、隆史が勝手に清楚系だと思っていただけで、由貴自身は清楚系だとは思っていないのだろう。

人差し指をおんなの穴の奥まで入れていく。すると、尻の穴がさらに締まる。

「あ、ああっ、いっしょ、すごいっ、ああ、いっしょっ……いいのっ」

いっしょというのは、おま×こと尻の穴ということか。ゆうたくんにこうやって責められているのか。

「ゆうたくんって誰だい」

尻の狭間から顔をあげて、隆史は聞いた。すると、媚肉が強烈に締まった。

「大学生の時……由貴を女にした先生です」

甘くかすれた声で、由貴がそう答えた。

「先生っ？」

「教授です。五十くらいかな」

「五十の教授と付き合っていたのっ？」

尻の穴で感じることといい、〝ゆうたくん〟が五十のおっさんだったことといい、驚きの連続だ。

「エッチの時だけ、ゆうたくんって呼んでいたんです」

「そうなのか。その教授に処女をあげたの？」

「はい」

またも、強烈に人差し指を締め付けられる。と同時に、尻の穴が触って欲しい、というようにひくついている。

「何人、知っているの？」

「ゆうたくんだけです……N文具に入社してから、誰とも付き合っていません……あ、だから、すごく久しぶりです……」

「そ、そうなの……僕なんかでいいのかな」

「あんっ、近藤さんだから、お泊まりしてもいいかな、と思ったんです」

「うそだろう」

「本当です」

そう言うと、由貴が瞳を開いた。美しい黒目で見つめてくる。

吸い込まれるような色気に、一瞬で暴発させかけたが、ぎりぎり射精は回避した。

隆史は右手の人差し指をおま×こに入れたまま、由貴の臀部《でんぶ》から上半身へと顔を上げていく。キスしたかったのだ。たまらなく、由貴とキスしたかったのだ。

それを感じたのか、由貴が目を閉じた。唇は半開きのままだ。

「す、好きだよ、由貴ちゃん」

と名前を呼び、隆史は口を重ねていく。

すると由貴が瞳を開き、右手の人差し指で、隆史の口を押さえた。

「あの……近藤さんって、童貞ですよね」

「えっ……いや……違うよ」

「そうなんですか」

由貴が意外そうな顔をして、そして残念そうな表情を浮かべる。

まずい。まずいぞ。童貞だった方が良かったのか。

「一回だけだよっ。一回入れただけだよっ。だから、童貞のようなものだよ」

と訳がわからないことを言ってしまう。一回でも入れたら、もう童貞ではない。

「その女性とはお付き合いしているんでしょう。じゃあ、キスなんてだめですよ」

「付き合っていないよ。高校の時のクラスメイトが新幹線の最終に乗り遅れて、ここに泊めたんだ。その時……一回だけ、したんだ」

　思わず詳細に語ってしまう。

「好きなんでしょう。そのクラスメイトさん」

「い、いや、その……」

どう答えていいのかわからず、隆史は泣きそうになる。

「ごめんなさい。ちょっといじわるしすぎました」

と言うなり、由貴の方から唇を重ねてきた。

あっと思った時にはぬらりと舌が入っていた。隆史もすかさず、舌をからめていく。

右手の人差し指は由貴の中に入ったままだ。

「う、うんっ、うっんっ」

ぴちゃぴちゃと唾液の音を立てて、舌をからませあう。由貴の唾液は想像以上に美味だった。舌がとろけるように甘いのだ。

「近藤さん、由貴、欲しい」

唾液の糸を引くように唇を離すと、可愛さ社内ナンバー1の娘が言った。

「ほ、欲しいって……」

と馬鹿なことを聞いてしまう。

「今すぐ、欲しいの」

由貴はパンティをめくられただけで、まだ半袖ニットとタイトミニ姿のままだ。隆史にしても、上着もネクタイも着けていて、お互いにちゃんと服さえ脱いでいない。それでも求めてくる彼女に、さらに昂ぶった。

由貴が仰向けになった。そして左膝も立てて、大胆に両足をM字に広げていく。タイトミニが再びたくしあがり、薄い恥毛に飾られた股間だけが露わになる。

「シャワー、浴びなくていいの？」

「シャワー浴びてない由貴のおま×こ、好きなんじゃないんですか」

「えっ……」

「だって、由貴のおま×この匂い、嗅いでいたんでしょう」

「ああ、嗅いでいたよ。もうびんびんだよ」

「見せてください」

わかった、と隆史は急いでスラックスのベルトを外し、フロントジッパーを下げると、スラックスを脱いだ。もっこりとしたブリーフがあらわれる。

それも毟《むし》るように引き下げると、弾けるようにびんびんのペニスがあらわれた。先端からサオにかけて、我慢汁で白くなっている。

「ああ、すごい。由貴のおま×この匂いを嗅いで、お尻の穴を舐めて、そんなにさせているんですね」

「そうだよ。入れていいんだよね、由貴ちゃん」

声が震えている。興奮からというより、ちゃんと挿入出来るかという恐れの震えのような気がする。

はい、と由貴がうなずき、瞳を閉じる。

隆史は由貴の恥部を見る。幸いなことに、薄毛で割れ目が剝き出しだ。そこにペニスの先端を当てて入れればいいだけだ。そのはずだ。

隆史は上着も脱ぎ、ワイシャツとネクタイだけになると、由貴の割れ目に我慢汁だらけの先端を当てていく。

このまま入れたら、即出しそうだ。それはまずいのではないか。いや、一回しか経験のない、ほぼ童貞だと告白している。恥ずかしいことなどない。いや、やっぱりすぐ出たら恥ずかしい。

「どうしたんですか、近藤さん」

と由貴が瞳を開いて、隆史を見上げてくる。

気が変わってはいけない、と隆史は割れ目に当てた鎌首をめりこませようとする。

すると、由貴がちょっとだけ割れ目をずらした。先端が女陰から逸れてしまう。隆史はもう一度、割れ目に鎌首を押しつける。

が、由貴がまた、ちょっとだけ腰を動かす。

隆史はあせりつつ、割れ目を突いていく。

「ああ、ごめん……」

「ううん。なんかうれしいです……本当だったんですね」

「えっ」

「本当に一回だけしか経験ないのか、ちょっと試してみたんです。すいません」

「い、いや……」

あせって、なかなか入れられないのかと思ったが、まさか試されていたとは。夢にも思っていなかった。

「一回しかしていないって、信じます。近藤さんがヤリチンだったら、したくないですから」

「ヤリチンじゃないよっ。一週間前まで童貞だったんだっ」

となぜか、童貞だったことを強調してしまう。

「ごめんなさい、やりたくて嘘つく人が、嫌いなんです」

なにかヤリチン男に痛い目にあったのだろうか。

とにかく、気が変わらないうちに入れることだ。おぐっちで男になったとはいえ、おぐっち主導で繋がっただけだ。自分から穴に入れた感覚はない。今夜こそ、自分から入れるのだ。突き刺すのだ。

あらためて割れ目に鎌首を当てて、めりこませていく。

すると今度はずぶりと入っていった。

4

「ああっ、入った……っ」

つい間抜けなことを口にしてしまう。

「あ、ああ……近藤さん……」

隆史は感激に浸りつつ、ゆっくりと挿入していく。由貴のおま×こは、かなり窮屈《きゅうくつ》だった。先端がくいくい締められる。

「ああっ、ち×ぽがっ」

「奥までください」

「奥までだね……いくよ」

肉の襞がぴたっと鎌首に貼り付いてくる。それだけではなく、締め上げてくる。締め上げられながら、さらに深く入っていく。奥の方がより窮屈になる。

「あ、ああ……近藤さん」

由貴ちゃんっ、と名前を呼びつつ、深く侵攻していく。隆史のペニスがじわじわと由貴の穴に包まれて、それとともに締め上げられる面積が多くなっていく。

「ああ、きついね……ああ、すごく締まる」

「大きいです……ああ、近藤さんのおち×ぽ、大きいです」

ぐいっと最後にえぐり、隆史はついに、おのれの力で男になった。

先端から付け根まで完全に由貴の中に入り、ひと息つく。このままじっとしていても、射精してしまいそうだ。

「ああ、じらさないでください」

じらしているわけではなかったが、このままではゆるしてくれそうにない。

ヤリチンは嫌いだろうが、男が不甲斐ないのも嫌だろう。

隆史はゆっくりと引きはじめる。するとぴたっと貼り付いている肉の襞も、共に動いていく。

「はあっ、ああ……キスして……」

と由貴が両腕を伸ばしてくる。ち×ぽを完全挿入しているだけで限界寸前なのに、この上、ベロチューという極上の快感が加われば、即、暴発するのでは。

が、由貴が瞳を閉じたまま、唇を半開きにさせて待っている。ああ、キスしたい。入れたままキスしたいっ。

隆史はおのれの欲望のまま、身体を倒していく。するとさらに深く突くかっこうになり、先端が子宮に当たった。

「あうっ……」

由貴が眉間に深い縦皺を刻ませる。

「ああ、大丈夫かい」

「いっぱいです……近藤さんを、おま×こに感じます」

そう言って、頬を赤らめる。由貴ちゃんっ、と叫んでキスを貪る。すると、待ってましたとばかりに由貴が隆史の腕にしがみついてきた。

ワイシャツ越しに、ニット越しのバストを感じる。ぐぐっと押しつけつつ、舌をからませていく。

さっきは指入れでのベロチューだったが、今は、ち×ぽを入れてのベロチューだ。当然のこと、刺激がまったく違う。股間にびんびん響いてくる。暴発させていないのが奇跡だ。

そもそも、こうしてN文具のマドンナと繋がっていること自体が、奇跡なのだ。

「うんっ、うんっ」

「うっんっ、うんっ」

お互いの舌を貪《むさぼ》るように吸い合う。

すると、おま×こがくいくいっと締まって、早くもやばくなる。

キスとち×ぽ、どっちをやめるっ。ああ、どっちもやめたくないっ。

隆史は舌をからめつつ、腰を動かす。すると、あんっ、と由貴があごを反らした。

自然と舌と舌が離れる。

そうだ。これでいいんだ。由貴はもっとキスを欲しそうな表情をしていたが、隆史はおま×こだけに集中することにする。

おもむろに由貴がニットの裾を掴み、繋がったまま脱ぎはじめた。

えっ、今、脱ぐのっ。

平らなお腹に続いて、ブラに包まれたバストの隆起があらわれる。ニット越しにずっと想像していたバストが、わずか布一枚向こうに出現した。

「ああ、動いていて、近藤さん」

「ご、ごめん……つい、見惚《みと》れて」

隆史はあらためて、腰を動かしはじめる。ぐぐっと極狭の穴を突き破るように、奥まで突いていく。

「あっ、ああっ」

由貴は甘い声をあげつつ、繋がったままニットを首から抜いた。そして上体を少しあげると、ブラのホックを外す。

カップの隙間から、由貴のバストがじょじょに見えてくる。

一刻もはやく乳首が見たい隆史は思わず右手を伸ばし、ブラカップをめくった。

そこにあらわれた由貴の乳首は、想像通りの淡いピンク色をしていた。乳輪に溶けそうな淡さで、つんとしこりきっている。

「あっ、ううう っ」

由貴の可憐でありつつ、エロい乳首を目にした瞬間、隆史の股間は暴発していた。

「えっ、あ、ああっ……ああっ……すごいっ、いっぱい、出てくるっ」

「ああっ、ごめんっ、ああっ、ごめんっ、由貴さんっ」

いったん出てしまったら、もう止めることは出来ない。そのまま、どくどく、どくどくとN文具のマドンナの中に射精し続ける。

「ああ、乳首を見て出すなんて……やっぱり童貞なんですね」

「えっ」

「クラスメイトと一回経験してるって、うそですね。そんな見栄なんか張らなくていいんです。ああ、由貴が最初でうれしいです」

「由貴ちゃん……」

勝手に中出しされて、怒っているのではないかと思ったが、由貴はむしろ喜んでいた。

「私、童貞の人としたことがなくて……一度、してみかったんです。近藤さんなら、きっと童貞だって思って、だから、お泊まりも……」

「そ、そうなんだね」

処女とやりたいという男はいるが、童貞としたいという女もいるのか。

「ああ、乳首、舐めていいですよ」

「えっ……お、終わりじゃ……ないの」

「出したからって、それで終わりじゃないですよ」

さあ舐めて、と由貴が言う。由貴の方が年上のような錯覚を感じてしまう。勝手に中出ししても非難せず、乳首を舐めていいなんて、菩薩《ぼさつ》のようだ。

もしかしたら、自分が主導のエッチをしてみたくて、童貞の隆史としたいと思ったのかもしれない。由貴を女にしたゆうたくんは五十男なのだ。どうしても、由貴は従う方になるだろう。

「さあ、入れたまま、舐めてみて」

「あ、ありがとう、由貴ちゃん」

礼を言うと、隆史は中出しの状態のまま、上体を倒し、由貴の魅惑の乳房に顔を埋めていく。顔面が、乳肉のむっとした湿り気と芳香に包まれる。

「あんっ……中で動いた……」

そう言って、由貴が隆史の後頭部を押さえてくる。

「う、うぐ、うう……」

顔面がぷりっとしたふくらみに、さらに埋まっていく。

「乳首、吸って、近藤さん」

「うう……」

はい、と返事をしていた。乳房に顔面を覆われた状態で、隆史は乳首を探す。舌がとがった乳首を捉えた。すると、あんっ、と由貴が甘い喘《あえ》ぎを洩らし、中で萎えつつあるペニスを締め上げてきた。

隆史は乳首を口に含《ふく》むと吸っていく。

「あっ、ああ……いい……ああ、気持ちいいです……」

おま×こも気持ちいい、とペニスを根元から絞り上げてくる。

「うう、ううっ」

隆史はうめきつつ、腰を動かす。半萎えから七分勃ちまで戻りつつあるペニスで、どろどろの媚肉を突いていく。

「あうっ、ああっ」

なんせ、今出したばかりだ。暴発の心配はしなくていい。そう思うと、気持ちの余裕が勃起力につながり、由貴の中で、瞬く間に大きくなっていく。

「ああっ、すごいっ、大きくなるよ……ああ、近藤さんのおち×ぽ、大きくなっていくのが、由貴、わかるよ」

隆史は乳首を吸いつつ、腰を動かし続ける。

「はあっ、ああっ、いい、おち×ぽ、いいっ」

隆史のペニスはいつの間にか、完全に勃起を取り戻していた。これはもしかして、抜かずの二発というのではないだろうか。

まさか、俺が抜かずに連続で出来るような男だったとは。経験がないから、自分の男としての力量を知らずに生きてきた。

「すごいっ、ああ、童貞だったのにっ、すごいですっ」

童貞じゃない、とちらりと思ったが、まあ、おぐっち主導でしただけだ。まだ童貞のようなものだ。

だが今はまさに、俺の動きで由貴をよがらせている。これぞ男だ。

隆史は乳房から顔をあげた。

由貴がうっとりとした目で見上げてくる。その目に、暴発させそうになる。

「あ、あの……」

「なんだい、由貴ちゃん」

名前で呼ぶだけでも興奮する。

「バ、バック、どうですか？」

と口にしてから、由貴が頬を赤らめる。抜かずの二発をおま×こで誘導しつつ、恥じらうところが可愛い。

「バック……いいのかい」

声が震えている。

「はい……」

バックで繋がるためには、いったん抜かないといけない。今抜くと、瞬く間に萎えそうな気もしたが、バック責めの魅力には逆らえない。

「いったん、抜くよ」

「だめ……」

ときゅきゅっと締めてくる。

「ああっ、そんなことされたら」

「えっ、うそっ、もう出そうですかっ」

締まりが緩んだ。

「ごめん……大丈夫だよ……」

抜くね、と言って腰を引いていく。すると、ザーメンまみれのペニスが由貴のおんなの穴から出てきた。

それを見てあらためて、由貴とやったんだ。卒業したんだと実感する。

由貴が腰からスカートを下げていく。それを見て、隆史もネクタイを引き抜き、ワイシャツを脱いでいく。Tシャツも脱ぐと、裸になった。

すでに全裸になった由貴が、隆史の前で自ら四つん這いの形を取っていく。

せっかく互いに全裸になったのだから、裸と裸で抱き合いたかったが、そんなことは言えない。

由貴が膝を伸ばし、ぐぐっとヒップを差し上げてくる。

「ああ、由貴ちゃん……」

「さあ、入れて」

逆ハート型のぷりっとしたヒップラインがたまらない。

隆史は尻たぼを摑むと、ぐっと開く。すると、割れ目だけではなく、お尻の穴まで丸見えとなる。

「全部、見えるよ」

「ああ、恥ずかしい……入れて、はやく、入れて」

隆史のペニスはびんびんなままだ。抜くと萎えるかと心配していたが、杞憂《きゆう》だったらしい。まあ、N文具ナンバー1マドンナがすぐ目の前に、全裸四つん這いでいるのだ。萎えることなんてないか。

隆史はザーメンまみれの先端を、由貴の割れ目に当てていく。バックからだと狙いを定めやすいのが良い。意外と童貞向きの体位なのだと気づいたが、初体験がバックという者は少ない気がする。

「ああ、入れるよ」

「はい……」

隆史が腰を突き出すと、鎌首がやすやすと割れ目にめりこみ、すぐさまずぶりと嵌《はま》っていった。

「あうっ……ああっ」

「ああ由貴ちゃんっ、ああ、気持ちいいよっ」

バックからの挿入はこれまでとは角度が違うぶん、ペニスへの刺激も違っていた。あらたな穴に入れている感覚だ。

「もっと、奥まで」

はい、と返事をして、隆史は深く突き刺していく。由貴のおま×こはザーメンまみれでありつつ窮屈だ。

「あ、ああっ」

由貴がぶるぶるとヒップを震わせる。隆史のペニスが完全に、後ろから由貴の中に入った。

「じっとしていないで……突いて、近藤さん」

「そうだね。突かないと」

バックから入れただけで、隆史はすでに満足していた。相手はN文具のマドンナなのだ。男性社員に自慢しても、誰も信じないだろう。

隆史は尻たぼに指を食い込ませ、腰を動かしはじめる。おんなの穴の中でペニスを引き上げ、そして、ずどんっと突いていく。

「いいっ、いいっ、もっとっ」

由貴が叫ぶ。深夜の時間、まわりは静まり返っている。間違いなく、両隣に由貴のよがり声が響いているはずだ。

どうだいっ、会社の同僚をよがらせているんだぜ。いい声で泣くだろう。

隆史は一撃一撃に力を込めて、バックから突いていく。

「いい、いいっ……ああっ、いいっ」

由貴が淫《みだ》らな反応を見せてくれる。俺の突きで、俺のち×ぽ一本で由貴を泣かせているのだ。

「あ、ああっ、近藤さんっ、気持ちいい!?」

よがりつつも、由貴が聞いてくる。

「最高だよ、由貴ちゃんっ」

調子に乗って突きまくっていると、はやくも二度目の射精の予感を覚えはじめ、おのずと突きが弱くなる。少しでも長く、由貴をち×ぽで感じていたかったからだ。

が、ストロークを弱めるなんて、由貴がゆるさなかった。

「あんっ、だめよっ、緩めちゃだめっ……ああ、激しくしてっ、近藤さんっ」

由貴が細長い首をねじって、こちらを見つめてくる。

ペニスが出入りしている割れ目と由貴の美貌を同時に目にして、危うく勝手に果てそうになる。

隆史は急ブレーキで、動きを止めた。

「だめっ、止めちゃだめっ。じらしているんじゃないよねっ」

と由貴がにらみつけてくる。美形だけに、にらむ顔が妙に凄《すご》みがある。

「じらしてなんかいませんっ」

思わず敬語になり、すぐさまバック突きを再開する。が、やはり二発目を暴発するのを恐れて、突きが弱くなる。すると、

「ああんっ、だめな童貞くんねっ」

と言うなり、由貴の方から掲げたヒップを前後に動かしはじめたのだ。

「えっ、うそっ、あっ、ああっ、ああっ」

隆史のペニスが、由貴の尻の狭間を出入りする。隆史はまったく動いていない。由貴のおんなの穴が動いているのだ。

「ああ、ああっ、硬い、ああ、すごく硬いよ、童貞おち×ぽ」

由貴のヒップがうねりはじめる。まさに尻肉で貪り食っているようだ。

清楚系美人だと思っていたが、まったく違っていた。淫乱系ＯＬだった。

いや、こちらを見つめる美貌はあくまで清楚系だ。うねるヒップが淫乱なのだ。

首から上が清楚で、腰から下がスケベなのは、ゆうたくんに開発されたせいだろうか。五十男のねちねちしたエッチで、淫乱にされたに違いなかった。

「あ、あああっ、あああっ、突いてっ、童貞くんも突いてっ」

また、由貴が美しい黒目でにらみつけてくる。

「はいっ、由貴ちゃんっ」

隆史はゆうたくんに負けてはならぬ、と歯を食いしばって突いていく。

ずぶずぶとペニスが出入りする。

「あ、あああっ、いい、いいっ、すごいよっ、ああ、すごいよっ、童貞くんっ」

由貴が上体を突っ伏し、ヒップだけを上げている。そのヒップも自分からは動かさず、いつの間にか隆史の責めだけを受けていた。

「いきそう、ああ、由貴、いっちゃいそうなのっ」

「俺も、ああ、俺も出そうですっ」

「由貴より先にいっちゃだめだよっ。絶対だめだよっ」

「はいっ、先にいきませんっ」

「もっと激しくっ」

はいっ、ととどめを刺すように隆史はずどんっと突き込み、媚肉がきゅうと締めつけるのを感じた。

その瞬間、頭の中が白く弾け、一気に射精した。

「あっ、出るっ」

どくどく、どくどくとザーメンが噴き出す。

「まだ、だめっ……あ、ああっ」

「出る、出るっ」

由貴のおま×この中で、隆史のペニスが脈動を続ける。

「あ、ああ……い、いく……いくいく……」

由貴もいまわの声をあげて、ペニスを呑みこんだヒップをがくがくと痙攣《けいれん》させた。

「ああ、由貴ちゃんっ、ああ、いったんだね」

由貴はそれには答えず、ヒップを痙攣させ続ける。

脈動は収まらず、止め処なくザーメンを噴出し続ける。するとまた、

「いくいくっ」

と甲高《かんだか》い声をあげて、由貴が上体を弓なりにさせた。

「ああ、由貴ちゃん。すごいっ」

「う、うう……」

連続絶頂して、瑞々《みずみず》しい裸体を海老《えび》反《ぞ》りにさせたまま、由貴は脈動し続けるペニスを強烈に締め上げてくる。

「あう、うう……」

隆史もようやく射精が止まり、萎えた肉棒が、ずぶりと大量のザーメンとともに中から出てきた。

やがて支えを失ったように、由貴のヒップが落ちる。それでいて、上半身は海老反りのまま、震え続けていた。

「ああ、すごかったわ……近藤さん」

「良かったよ、僕も最高だったよ」

隆史は海老反りのままの由貴の正面にまわると、顔を寄せて、火の息を吐き続ける唇を奪っていく。

由貴もまた、艶かしく湿った吐息と共に、ぬらりと舌を入れてきた。

第四章　女上司の濡れ媚肉

1

翌日——。

隆史はずっと落ち着かなかった。

企画室があるフロアには、麗子係長も後輩の由貴もいる。麗子には口内発射をし、由貴にはおま×こに中出ししていた。

N文具の双璧《そうへき》の華とやっているのだ（正確には麗子とは肉の関係までいってなかったが）。

が、当たり前だが他の社員はそんなこと誰も知らない。女子社員はみんな由貴のように、隆史のことを童貞だと思っているかもしれない。違うぞ、俺は、近藤隆史は完全に男となったのだ。もう童貞くんではないのだっ。

フロアの中で、そう叫びたかったが、もちろん無理だ。しかし、麗子と由貴とやっていて、すでにモテモテなのを、同僚社員に自慢出来ないのはつらい。

麗子係長とも由貴とも、別に付き合っているわけではないから、自分から宣伝してはあちらにも迷惑がかかる。

これが彼女なら、彼女が出来たんだ↓誰だい↓誰だと思う↓誰だよ↓麗子係長だよ、由貴だよ↓えっ、うそだろうっ、うらやましすぎるぞっ。

という素晴らしい展開になるのだが。

実際、今朝も挨拶をしたが、麗子係長も由貴もいつもと表情は変わらなかった。特に由貴には期待したが、昨日までと一切変わらない。

由貴をぼんやり見やっていると、なにやら資料を手に麗子係長のデスクに向かっている。

今日の由貴は白の半袖のブラウスにタイトミニのスカート姿だった。清楚系の美貌が白のブラウスでより映えて見えている。昨夜の淫らさを知らなかったら、もしかして処女かも、と思ってしまう清廉な雰囲気だ。

が、タイトミニをぷりっと盛り上げているヒップラインを見ていると、男を知っている身体《からだ》だな、と思わせる。

上半身は清楚系、下半身はセクシー系。見ているだけで、隆史の股間はむずむずしてくる。いや、もう勃っていた。

やりたかった。あのミニスカの裾をたくしあげ、この場でバックから突き刺したらどんなに気持ちいいだろうか。

由貴の説明を聞いている麗子係長は珍しくニット姿だ。豊満なバストの隆起が強調されて、朝から男性社員の間ではちょっとした話題になっていた。

男性社員たちは、麗子係長のおっぱいいいよな、などと言っていたが、俺はそれをすでに見ているんだ。生のおっぱいを。生の乳首を。

言いたい。叫びたい。男性社員たちから羨望の目を向けられたい。童貞かと思っていたら、やるじゃないか近藤、と言われたい。

由貴が麗子係長との話を終え、ふとこちらを向く。目が合った。それだけでドキンと胸が高鳴る。もしかしたら、先走りの汁を出したかもしれない。

が、由貴は特に表情を変えず、横を向いて自分のデスクに戻る。由貴を見送った後、麗子のデスクに目を向けると、じっと隆史を見ていた。

まずいっ。惚《ほう》けた顔で由貴のケツを追っているのを見られたかもしれない。

麗子がデスクを立った。こちらに向かってくる。一歩足を運ぶたびに、ニットの悩ましすぎるふくらみが揺れる。

麗子は通りざまに僅《わず》かに隆史の肩に触れ、給湯室へと入っていった。

麗子の手が肩に触れただけで、隆史は我慢汁を出していた。さっきは由貴と目が合って先走りの汁が出た気がしたが、今は、間違いなくブリーフを汚していた。

隆史も席を立って、ふらふらと麗子を追う。給湯室に入ると、コーヒーのいい薫りと共に麗子が立っていた。スタンディングのテーブルにコーヒーカップを置いて、隆史を見つめてくる。

「近藤くん、吉高さんとなにかあったの？」

といきなり急所を突かれた。あまりにいきなりで、

「えっ、い、いや……あの……」

と思わず口ごもってしまう。

童貞ではなくなった、とまわりの誰も気付いていないと思っていたが、麗子係長は違ったようだ。さすが上司だ。部下の変化にすぐさま気付くとは。

「なにかあったのね」

「いいえ、なにも……ありません」

童貞を卒業した、さらに昨日は由貴ともやった、と報告した方がいいのだろうか。わからない。

麗子はそれ以上は突っ込んで聞いてこず、なにやら値踏みするように見つめてくる。視線を外さないまま、コーヒーを口へと運んでいく。

どうしても、ニットの胸元に目が向く。ジャケットさえ、社内でめったに脱がない麗子係長が、バストの形も露わなニット一枚なんて、どうしたのだろう。

隆史もコーヒーカップを手に、麗子が立つスタンディングのテーブルに向かう。

「どうかしら。気に入ってくれたかしら」

と麗子が言う。

「えっ……」

「これ、近藤くんが好きかなと思って、着てきたのよ」

「えっ、そうなんですかっ。好きです、大好きですすっ」

声が裏返る。

「そう……良かったわ……」

麗子がほんのりと頬を赤らめる。三十六歳の女子が、恥じらう姿はなかなかそそられる。

「でも、どうして……」

「昨日、吉高さんがニットだったでしょう。近藤くん、吉高さんの胸ばかり見ていたから」

「えっ……そんなに見ていましたかっ」

「見てたわね」

「す、すいません……」

隆史は思わず小さくなった。

それにしても麗子係長は、隆史が由貴のニット姿ばかり見ているのを見て、今日はニットを着てきたのだ。いわば、隆史だけのために、超レアなかっこうで出社しているわけだ。これってまさか、俺のことが……好きになったのか。少なくとも、気になっているのか。

給湯室に由貴が入ってきた。麗子と隆史にちょっと会釈すると、コーヒーメーカーに向かう。

隆史の心臓がばくばく鳴りはじめる。麗子に由貴。隆史と肉の関係があるふたりの女性と、同じ狭い空間にいるのだ。

由貴がコーヒーカップを手にやってきて、失礼します、と隆史たちのいるスタンデイングテーブルに、一緒に立った。

麗子と由貴が並んでいる。どちらもN文具で一、二を争う美形だ。こうして並ぶと美しさは甲乙つけがたいが、麗子は洗練された熟れ頃の女、由貴は清楚系の美人という感じだ。でも、どっちも首から下は淫乱だと、隆史だけは知っている。

「そのニット、素敵ですね」

と由貴が麗子に柔らかく言った。

「そう。ありがとう」

麗子はちらちらと由貴と隆史を見ていたが、由貴の方はいつもと変わらない表情と態度だ。

「ふたりは今夜も、空いているかしら」

と麗子が隆史と由貴を見て聞いてきた。空いてますと由貴が答え、隆史もうなずく。

「文具博の企画内容、昨日に引き続き検討してみたいの。どうかしら」

「それ、いいですね。私が企画部のみんなに声を掛けましょうか」

と由貴が言う。

「そうね。じゃあおねがい」

と言って、麗子が先に給湯室を出た。

ふたりきりになったが、由貴はやはりいつもと変わらない。昨晩のことをほのめかすこともなく、クールな横顔を見せてコーヒーを飲んでいる。

かといって隆史の方からも、昨晩のことは言いづらい。彼氏ではないからだ。

それに、由貴は童貞としたくて隆史の部屋に泊まったと言っていた。隆史が完全に童貞ではなくなった今、もう興味は薄れているのだろうか。

でもやっぱり昨晩のことを、なにか話したい。

「今朝は起きたらいなかったから、驚いたよ」

隆史は午前六時に目を覚ましたが、すでに由貴はいなかった。その時の話をして水を向けてみたが、

「お世話になりました」

と言うなり、由貴の方が先に給湯室を出て行った。本当に、童貞であったこと以外は隆史には興味がなかったようだ。

2

「そろそろ終電なので、失礼します」

今夜も企画部の社員が一人、二人と帰っていく。

昨日と同じ池袋の居酒屋で、企画会議を開いていた隆史たちだったが、八人いた社員も、もう四人となっている。麗子係長に由貴に、由貴と同期の佐々木《ささき》に、隆史だ。

「ああ、もうこんな時間だっ。名波係長、僕らも帰りましょう」

と佐々木が麗子にそう言う。同じ路線の電車に乗っているらしい。

「私はもう少しいるわ」

「そうですか。僕は家が遠いので最終が近いんですよ。失礼していいですか」

「もちろんよ。お疲れさま」

と麗子が部下に笑顔を向ける。

「吉高さんは大丈夫？」

と帰りがけに佐々木が聞いた。

「えっ、私は……」

由貴は隆史を見やり、そして麗子を見る。ざわざわしていた居酒屋も、あちこちの路線の終電が近くなり、かなり客が減っていた。

「私も、失礼します……」

彼女は再び隆史と麗子を見やり、そして佐々木と共に、居酒屋を出て行った。

「名波係長、本当に終電大丈夫なんですか」

「私が住んでいる駅が終点になっている最終があるのよ。だから、もう少し大丈夫」

飲食しつつの企画会議は、なかなか盛り上がっていた。みんな忌憚《きたん》のない意見を出し合って良い案もまとまったため、麗子はかなり機嫌が良い。

麗子はテーブルを挟んで正面に座っていたので、隆史はずっとニットのバストのふくらみを見ていた。じろじろ見てはいけないと思いつつも、会議そっちのけで、魅惑の隆起を頻繁に盗み見てしまっていたのだ。

トイレに立った麗子が戻ってきた。差し向かいに座らず、おもむろに隆史の隣に座る。驚くと同時に、むっと甘い匂いが、隆史の鼻孔をくすぐってくる。

「やっぱり、吉高さんとなにかあるんじゃないのかしら」

「なにもないですよ」

「そうかな。でも、付き合いはじめた感じでもないわよね」

由貴は童貞に興味があって、童貞を奪われただけです、とも言えない。

「ここでもずっと私の胸ばっかり見ていたでしょう」

「そ、そんなことは、ありません……」

「それに、ちらちらと吉高さんの目も気にしていたわ。なにかありそうなんだけどなあ。よくわからないんだなあ」

そう言いつつ、麗子がスラックスの股間をそろりと撫でてきた。

「あっ、係長っ」

思わず、隆史は大声をあげてしまう。

がらんとしていた店内に、やけに大きく響く。が、麗子の方は、まったく意に介さず、そろりそろりと撫でてくる。

「か、係長……」

「この前、中途半端に終わったでしょう」

「そ、そうですね……でも、口で受けて頂いて感激しました」

「そう。あれからなんだか、ずっと身体が疼《うず》くの。近藤くんのせいなのよ」

「ぼ、僕のせい……」

「そう。私みたいなおばさん相手にひと晩で三回も出してくれるなんて、うれしかったの……女としてまだまだいけるって、変な自信がついたわ」

そう言って、ぐっと股間を掴んでくる。隆史の股間はあっという間に掴めるくらいにもっこりとなっていた。

「う、うう……名波係長……」

隆史は腰をくねらせてしまう。終電間近で閑散としているフロアの中は、店員も調理場に引っ込んでしまっている。

「この前は、上司と部下が深い関係になるのはいけないと思って、最後まではしないで、三発も抜いたわ」

美貌を寄せて、耳に甘い息を吹きかけるように、麗子がそう言う。

「でも、なんか疼くの……企画部のフロアで近藤くんの顔を見るたび、大きくなったおち×ぽが脳裏に浮かんで……これって、やっぱり私、変なのかしら」

「あ、あの……僕も……浮かんでいます……麗子係長を見るたびに……あの……エッチな、いや、素敵な身体が……脳裏に浮かんで、ああ、ずっと勃起させたままで仕事をしています」

「ああ、うれしいわ……近藤くんの意見を聞かせて欲しいんだけど？」

「な、なんですか」

「上司と部下が関係を持つって、どう思う？」

「か、関係、ですか」

「肉の関係」

火のため息を洩らすように、麗子がそう言う。

「に、にく、ですか」

「そう、肉」

と言って、スラックスのジッパーを下げはじめる。

「名波係長……いけません」

隆史はあわててまわりを見る。居酒屋の店内には、離れたテーブルに訳あり風の中年カップルがいるだけだ。店員は引っ込んだきり出てこない。

「麗子って、呼んで。名波係長なんて、他人行儀だわ……」

そう言いながら、スラックスの中に手を入れてくる。そして、もっこりしているブリーフの頂点をなぞりはじめた。

「ああ、ああっ……」

「麗子係長……いけません……」

お勘定っ、と訳ありカップルの男が手をあげる。すると、店員がフロアに出てきた。

「終電ぎりぎりだな」

と男が言っている。それを聞き、

「麗子係長っ、終電大丈夫ですかっ」

と隆史は聞いた。

「大丈夫じゃないわ」

「えっ……」

「だから、終電は、大丈夫じゃないの」

そう言って、麗子がすうっと唇を寄せてきた。あっ、と思った時にはキスされて、すぐに唇が離れていた。

「そ、それって……」

「近藤くんのアパート、ここから歩いて行けるんでしょう」

「行けます……」

うっかりの終電逃しではなく、麗子の場合は、確信犯的な終電逃しのようだった。こんな形の終電逃しもあるのか。

「ただ、三十分くらい歩きますけど、いいですか。それともタクシーにしますか」

「歩きたいな。夜中の散歩もいいものでしょう」

「はい……」

「じゃあ、行こうか」

そう言って、麗子が立ち上がった。隆史も立ち上がろうとして、チャックが開いたままなのに気づき、あわてて引き上げた。

池袋駅から離れていくと、どんどんひと気がなくなっていく。十五分ほど歩いた頃、麗子がいきなり隆史の手を摑んできた。五本の指をねっとりとからめてくる。

ずっとドキドキしつつ歩いていた隆史の心臓が飛び上がる。

アパートに泊まるということは、やるということだろう。今回はうっかり終電逃しではなく、麗子はわざと終電を逃したのだ。隆史の部屋に泊まるために。それはイコール隆史とやるということだ。

「なんか、ずっと緊張しているね」

「は、はい……」

「やっぱり、童貞くんなのかな」

「えっ」

「吉高さんとなにかあったのかな、と思っていたんだけど。もしかして吉高さん相手に、童貞を卒業したのかな、と思っていて」

麗子の勘は当たっているようで、当たっていない。吉高由貴とやってはいたが、童貞は、おぐっちで卒業していた。

しかし、小倉美奈、吉高由貴と経験したというのに、童貞臭さは抜けていないということか。

まあ、実際、今も麗子係長ともうすぐやれると思っただけで、緊張しすぎて、手のひらに汗を掻いてしまっている。当然、麗子には気付かれているはずだ。

やはり、やったとは言っても、美奈も由貴も彼女ではない。ふたりとも一度きりだ。それくらいで、三十年童貞として生きてきた匂いは消えるものではないのだろう。

「ここです」

築三十年近くのぼろアパートを指差す。この辺りは同じようなアパートが建っていて、隆史のアパートだけ古いわけではない。

隆史は先に外階段を上がる。背後からこつこつとヒールの音が聞こえてくる。もうすぐ、麗子係長と部屋に入る。係長はやる気満々だ。ああ、やれる。あの麗子係長とやれるっ。

緊張しすぎて、鍵が上手く穴に入らない。すると麗子が、隆史の手のひらを包んできた。いっしょに鍵穴に差し込んでいく。

「す、すいません……」

ドアを開くと、独身三十男の部屋の臭いが鼻孔をくすぐってくる。

先に上がり、どうぞ、と言いながら六畳間に入ると、カーテンを開いて、窓を開けた。夜の生々しい初夏の風が、部屋に籠《こも》っていた三十男の匂いを攪拌《かくはん》した。

3

背後から抱きつかれた。

「れ、麗子……係長……」

「係長はいらないわ、近藤くん」

そう言って、麗子が隆史のうなじにキスしてくる。

「あ、ああ……」

それだけで、ぞくぞくする。すでに、部屋の中は独身三十男の臭いから、独身アラフォー熟女の匂いに変わりつつあった。

「リラックスして」

「は、はい……」

完全に童貞と思われている。隆史が麗子の立場であっても、童貞だと疑わないだろう。それくらい、緊張でこちこちだった。

麗子がスラックスのふくらみに手を伸ばしてきた。

「ここだけは、ずっと緊張していないわね」

確かにそうだった。緊張して、縮んでしまうということはなかった。

麗子がスラックスのベルトを外し、ゆっくりとジッパーを下げていく。

隆史はされるがままだ。ブリーフといっしょに、スラックスを下げられた。弾けるようにペニスがあらわれる。それを、麗子は背後から抱きついたまま、摑んでくる。

「ああ、硬い……すごく硬いわ、近藤くん」

「す、すいません……」

「なに、謝っているの。うれしいのよ。こんなおばさんで、大きくさせてくれるなんて」

こっちを向いて、と言われて、隆史は振り返る。するとすぐに、麗子がキスしてきた。ぬらりと舌が入ってくる。

「う、うう……ううっ」

隆史はすぐさま、舌をからめていく。麗子は部下とベロチューしつつ、ペニスをぐいぐいしごいてくる。

「あ、あの……む、胸を……揉《も》んでも、いいですか」

ニットのセクシーなバストラインを見ながら、隆史がそう聞く。

「いいわよ。好きにして」

ニットを脱がせる前に、ニットの上からバストの隆起を摑んでいった。

「あんっ……」

摑んだだけで、麗子が甘い声をあげる。右手ではペニスを摑んだままだ。

隆史はニット越しに、高く盛り上がっている隆起を揉みしだいていく。

「はあっ、ああ……ああ……」

麗子が火の息を洩らし、右手でしごきつつ、左手で鎌首を撫ではじめた。鎌首にはすでに我慢汁が出ていて、それを潤滑油代わりにしてくる。

「ああ、ああ……麗子さん」

今度は隆史が喘いでいた。ニットの胸元を揉みまくりつつの、鎌首なでなではたまらない。

「ああ、じかに……おねがい……」

麗子の方がじれていた。隆史はもうしばらくニット越しに揉みたかったが、はい、と返事をすると、ニットの裾を摑んでたくしあげていく。すると麗子がペニスから手を離し、両腕を上げて協力する。

白のブラに包まれた豊満なふくらみがあらわれ、そして腋の下があらわれる。そこからかすかに、一日ぶんの汗の匂いが薫った。

ニットを脱ぐと、麗子は両手を上げたまま、まとめていた髪を解いていく。

ふわっと長い髪が広がり、そこからも甘い香りが薫ってきた。すでに深夜だ。まだ麗子はシャワーを浴びていない。麗子の全身は匂いの宝庫だ。

「ブラ、おねがい」

と麗子が言う。隆史は麗子の背後にまわろうとするが、すぐにペニスを掴み、だめ、と言った。

「ずっと目を見ていて」

妖しく潤ませた美しい瞳で、真正面から見つめてくる。隆史は、はい、と返事をすると、麗子に抱きつくようにして両手を背中にまわし、ブラのホックを掴む。

思えば、こうしてブラを外すのは初めてだった。麗子も、美奈も、由貴も自分でブラを外していた。由貴の時などは、ブラから出た乳首を見ただけで、中出しさせてしまっていた。

手こずって童貞らしさをアピール出来るかと思ったが、あっさりと外れた。

「あら、上手なのね」

と麗子が言う。

「いいえ、たまたまです……」

ブラカップが下がり、たわわに実った乳房がこぼれ出る。

隆史はすぐさま、今度はじかに熟女上司の乳房を鷲づかみにしていく。

「あっ、あんっ」

白いふくらみをこねるように揉むと、麗子があごを反らし、火の喘ぎを洩らす。

乳首がとがり、手のひらに感じる。それを潰すようにさらにぐっと揉みこんでいく。

「あ、ああっ……」

麗子がスカートだけの肢体をくねらせる。

「下、見たいです」

乳房をこねくりつつ、隆史はそう言う。

「いいわ……見て……麗子を好きなだけ見て」

「ああ、麗子係長っ」

隆史はその場にしゃがむと、スカートのサイドホックを外し、ファスナーを下げて上司の衣服を脱がせていく。

するとパンストに包まれたパンティがあらわれる。パンストはベージュで、パンティはブラと同じ白だった。色は白だがフロントがシースルーになっていて、濃い目の陰りがべったり貼り付いているのが見える。

隆史はパンストに手を掛け、剝くように下げようとする。が、上手く下げられない。

「お尻の方から脱がせて」

と麗子が言い、はい、とヒップの方から下ろすと、上手くいった。パンティがあらわれると同時に、むっと牝の匂いが薫ってくる。

腋の下や髪から薫る匂いとはまた違った、股間を直撃するような性臭だった。

「ああ、恥ずかしいわ……シャワーも浴びないで……こんなこと、めったにしないのよ……ああ、近藤くんだからよ……」

「僕だから、ですか……」

俺のこと、本格的に好きなのだろうか。好きになってしまったのか。だから、洗う前のおま×この匂いを嗅いでもいいと差し出してきたのか。

「そう……童貞くんだから……女の人のあそこのじかの匂いを……ああ、嗅ぎたいのかな、と思って……」

好きだからではなく、童貞だから、と気を使ってくれていたのか。

隆史はシースルーの上に鼻を押しつけていった。ぐりぐりとこすりつけると、シースルーの極薄の生地が割れ目に食い込み、湿り気を鼻に感じた。

「あ、ああ……恥ずかしいわ……ああ、どんな匂いがするのかしら」

「エッチな匂いです。ああ、変になりそうな匂いですっ」

そう言うと、隆史はシースルーのパンティも引き下げた。ずっと押さえつけられていた濃い目の陰りがふわっとあらわれる。その中に再び、鼻を押しつけていく。ぐりぐりとこすりつけていると、偶然、クリトリスを潰すかっこうとなる。

「あっ、あんっ」

麗子がぶるぶると下半身を震わせる。牝の性臭が濃くなってくる。が、まだ割れ目を開いたわけではない。割れ目から洩れてきている匂いに過ぎない。

麗子係長のおま×この匂いをじかに嗅いだら、どうなってしまうのか。

「変になってっ……ああ、麗子のおま×この匂いを嗅いで……ああ、もっと、変になって、近藤くんっ」

「変になりますっ」

と叫ぶなり、恥毛に指を入れて、割れ目を開いた。漆黒の草叢《くさむら》の中から、真っ赤に燃えたおんなの粘膜があらわれる。

と同時に、さっきまで嗅いでいた牝の性臭を濃く煮詰めたような匂いが、むっと襲いかかってきた。

「あ、ああ……エロい……ああ、麗子係長のおま×こ……ああ、エロすぎますっ」

真っ赤に発情した肉の襞の連なりが、隆史を誘ってくる。

「ああ、おま×こ、じか嗅ぎしますっ」

そう叫び、隆史はおんなの穴に鼻を埋め込んでいく。

すると、濃厚な牝の匂いが襲ってくる。あまりに濃くて、隆史は目眩《めまい》を覚える。が、顔は引かない。ぐりぐりと鼻でおま×こを刺激していく。

「あ、ああ……そんな……ヘンタイよ……ああ、洗ってないのに……ああ、ヘンタイ童貞くんよっ」

かなり感じるのか、あらたな愛液が大量にあふれてくるのを、隆史は顔面で感じていた。頭がくらくらして、訳がわからなくなる。

舐めるんだ。味わうんだっ。由貴の時は舐める前に、由貴がお尻を向けたのだ。

今度こそ舐めるぞ、とちょっとだけ顔を引き、舌をおんなの粘膜に入れていく。ぞろりと肉の襞を舐めると、

「あんっ、そ、それっ……あ、あんっ、それ」

と麗子が敏感な反応を見せてくる。

「ああ、どんな味なのっ、麗子のおま×この味、どうなのかしらっ」

どんな味？　わからない。ただただエロかった。エロい味だった。比較するものがこの世にはない。

隆史は懸命に媚肉を舐めていく。割れ目を大きく広げ、奥まで舌先を入れていく。

「あ、ああっ、そんなっ、奥までなんてっ……」

麗子の足がガクガクと震えている。いつ、膝が崩れてもおかしくはない。

舐めても舐めてもあらたな蜜があふれてくる。

「ああ、美味しいのっ？　麗子のおま×こ、美味しいのっ？」

美味しいとかどうとかというレベルではなかった。麗子係長のおま×こを舐めるということ自体に意味があった。例えば不味《まず》くても舐め続けるだろう。不味くても麗子のおま×こだと思うと、興奮するからだ。

不味くはなかった。ひたすらエロかった。

が、ひたすら舐めていると、物足りなくなる。そうだ。入れるんだ。この穴は舐めるためにあるわけではなく、入れるためにあるんだ。

隆史は麗子の股間から顔をあげた。すると、支えを失ったようにがくんと麗子がしゃがんできた。

はあはあ、と荒い息を吐き、隆史を見つめると、白い歯を見せた。

「僕の顔に、なにか、ついてますか」

「ついているわよ。エッチな汁がたくさん」

と言うなり、麗子が上気した美貌を寄せて、ピンクの舌を出すと、隆史の鼻を舐めてきた。

「あっ……」

鼻を舐められるだけで、ぞくぞくした刺激を覚える。

麗子はそのまま、唇のまわりについた自分の愛液を舐め取っていく。キスしたいっ、と舌を出す。するとそこに、愛液と唾液が混じった舌をからめてくる。

ぴちゃぴちゃと音を立てて舌をからめつつ、麗子が再びペニスを摑んできた。

「入れたいですっ。麗子さんのおま×こ舐めていたら、無性に入れたくなってきましたっ」

と正直に、自分の思いを告げる。

「もう、入れるの？　フェラはいいのかしら」

「ああ、フェラされたら、また、すぐに出してしまいますっ。もう、外には出したくないんですっ」

「あら、私の中に出すつもりなのかしら」

「あっ、すいませんっ。出しませんっ」

「えっ、出さないの？　私の中に入れて、出したいんでしょう」

そう聞きながら、麗子が右手で肉柱をしごき、左手の手のひらで我慢汁だらけの鎌首を撫でてくる。

「あああ、入れても出しません……あ、あああっ……いや、外には出したくありませんっ」

隆史は自分でもなにを言っているのかわからなくなる。

「ああ、入れさせてくださいっ、おねがいしますっ、麗子係長っ」

隆史は深々と頭を下げていた。童貞感丸出しだったが、演技でもなんでもなかった。とにかく、麗子の中に入れたかったし、もう、外には出したくなかった。

「可愛いのね」

好きよ、と言って、またちゅっとキスしてきた。

4

「いいわ。入れて、近藤くん」

隆史の童貞ぶりの熱意が伝わったのか、麗子は擦《す》り切れた畳に仰向けになった。たわわな乳房がゆったりと揺れる。乳首はつんとしこりきっている。そして、熟れ熟れの裸体全体から、甘い体臭が立ち昇っている。

「ああ、布団を敷きますから」

とはいっても、丸めている布団を出すだけだったが。

「いいの。このままで」

来て、と麗子が両膝を立てて、広げてみせた。大サービスの形である。

恥毛が濃いため、割れ目は見えないが、入り口はだいたいわかる。それに一発で挿入できなくても、問題はない。童貞なんだから。

「失礼します」

と隆史は麗子の太腿を摑む。しっとりとした手触りに、ペニスがひくつく。

すると、麗子がうふふと笑った。

「えっ……」

なにか笑われることをしているだろうか。

「脱いで。上」

「えっ、あっ、すいませんっ」

女がジャケットを着たまま下半身なのはセクシーだが、男が同じ姿でいるのは情けないだけだ。

すいませんっと謝り、あわててジャケットを脱ぎ、ネクタイを緩めていく。

「あせらなくていいのよ。私のおま×こは逃げないし、近藤くんのおち×ぽは、小さくならないわ」

「すいませんっ、お待たせしてしまって」

と馬鹿なことを言ってしまう。

「可愛いわ。好きよ」

童貞感丸出しの態度を見て、麗子が笑顔を見せる。両膝を立てたまま、笑顔を見せるのも、不思議な感じだ。

ワイシャツのボタンがなかなか外れない。あせればあせるほど、だめだ。すると、あんなにびんびんだったペニスが萎えはじめた。まずいっ、と思うと、さらに萎《しぼ》んでいく。

ようやく裸になった時には、半勃ちまでになっていた。

「すいません、麗子係長っ。すぐに大きくさせますからっ」

と言って、扱《しご》こうとすると、あら、と麗子が上体を起こすなり、ぱくっとペニスを咥えてきた。瞬く間に、ペニス全体が麗子の口の粘膜に包まれ、そして強く吸われていく。

「あっ、ああっ……」

ちゅうちゅう吸われ、麗子の口の中で、瞬く間に大きくなる。びんびんに戻っても、麗子は、うんうん、うめきつつ、吸ってくる。

最初は気持ち良かったが、今度は出しそうな予感を覚えて、隆史はあせる。

「麗子係長っ、出そうですっ」

そう叫ぶと、麗子がやっと唇を引いた。

「ああ、美味しくて、つい夢中になってしまったわ」

麗子が唇の絖りを小指で拭いつつ、甘くかすれた声でそう言った。

会社では絶対見られない女上司の淫らな表情を見て、唾液に塗《ぬ》り変わったばかりの先端にどろりと先走りの汁を出してしまう。

麗子が再び、仰向けになった。両膝を立てる。

「フェラ、ありがとうございます」

失礼します、と再び太腿を摑み、ぐっと広げると、見事な反り返りに戻ったペニスの先端を、麗子の恥部に向けていく。

由貴は恥毛が薄く、割れ目がほぼ剝き出しで狙いやすかったが、麗子はそうはいかない。

ここだろう、と狙いをつけて、鎌首を草叢に押しつけていく。めりこませようとしたが、押し返される。

すいません、ともう一度鎌首を押しつける。

「あんっ、そこじゃないわ。もっと上」

はい、と隆史は上に狙いをつける。すると、今度はずぶりと入っていった。

「あっ、あうんっ……」

麗子があごを反らせて、火の息を吐く。

隆史はずぶずぶっと突き刺していく。すると麗子の肉襞の群れがざわざわとからみつき、勝手に奥へと引きずりこみはじめた。

「ああっ、麗子係長っ」

「硬いわっ、ああ、すごく硬いわ、近藤くんっ」

「麗子係長っ。おま×こ、熱いですっ、ああ、引きずり込まれますっ、ああ、締め付け、すごいですっ」

そう叫びつつ、隆史は奥深くまでペニスを入れていく。美奈で童貞を卒業して、由貴にもバックから入れていたが、なんだか、初めておま×こに入れているような錯覚を感じる。

これは正常位だからだろうか。自分から正常位で憧れの女上司と繋がったからだろうか。

奥まで貫くと、隆史は動きを止めた。すると、麗子が両腕を伸ばしてきた。誘われるまま、隆史は上半身を倒していく。するとさらに肉の結合が深くなる。

「はあっ、大きいわ、近藤くん」

「麗子さん……」

胸板で麗子の乳房を押しつぶすと、あんっ、と喘ぎ、麗子が二の腕にしがみついてくる。密着感が増す。

これだ。これがエッチの王道だ。正常位で抱き合う。これだ。

「キスして」

と麗子が言う。すると、麗子の中でペニスがひくつく。

「あんっ、キスして」

と麗子がおねだりするような顔を見せる。たまらない。

隆史は繋がったまま、麗子と唇を重ねる。すぐさま、麗子の舌がからんでくる。おま×こで包まれたままのベロチューが一番気持ちいい。しかも、胸板に乳房を感じ、二の腕に指先も感じていた。

たまらなく気持ちいいのは良かったが、そのぶん、射精が近くなる。すでにもう危ない。そもそも、奥まで入れただけで、まだ突いていない。ち×ぽで麗子係長をよがらせていない。

が、今、動くと即暴発しそうだった。

「ああ、いつまでじっとしているのかしら」

唾液の糸を引くように唇を離すと、麗子がそう聞いてきた。欲しそうな目で見上げている。

「突きます。突かせて頂きます、麗子係長っ」

隆史はいきなり玉砕覚悟で、腰を動かしはじめた。しっかりと抱きついたままなので、まさに腰の上下動だけだ。

「あっ、ああっ、もっとっ、もっと強くっ」

はいっ、と隆史は腰だけを上下させる。

「ああっ、もっとっ」

と言いつつ、麗子が太腿で隆史の腰を挟み込んできた。さらに密着度があがり、強烈に締め上げられる。

「あっ、出そうですっ」

「えっ、まだっ、我慢してっ」

と麗子が言った瞬間、隆史は暴発させていた。奥深くまで入っているため、即、ザーメンが子宮を叩く。

「あっ、ああ……うんっ……」

麗子がうっとりとした表情を見せる。が、いってはいないようだ。

逆に隆史はいきまくっている。どくどく、どくどくとザーメンを噴出し続ける。昨晩、N文具のマドンナ相手に二発出したのがうそのように、大量の飛沫を出していた。

脈動が収まった。

「す、すいません……すぐに出してしまって」

「勝手に、中に出したわね」

「ああっ、申し訳ありませんっ」

土下座して謝ろうと、起き上がろうとするが、麗子に両手両足でがっちりと挟まれていて、身動き出来ない。

「本当に申し訳ないと思っているのかしら、近藤くん」

と麗子が妖しく潤ませた黒目でにらみあげてくる。

「はいっ、思っていますっ。申し訳ありませんっ」

「じゃあ、身体で詫びてもらおうかしら」

「えっ」

麗子のおま×こがきゅきゅっと締まってくる。大量のザーメンを出して萎え掛けているペニスを根元から締め上げてくる。

「あうっ……」

「はやく大きくさせなさい、近藤くん」

「大きく、ですか……」

「そう。私、まだいっていないのよ。女をいかせる前に勝手に中出しするなんて、童貞じゃなかったら、退職ものよ」

「すいませんっ……あ、あの、キス、いいですか」

「あら、勝手に中出しして、キスをねだる気。意外と厚かましいのね。それとも、一度やったから、オラオラになっているのかしら」

「違います、誤解ですっ。大きくさせたくてっ、それでキスをおねがいしたんですっ」

一度中出ししたくらいで、オラオラになど絶対ならない。それどころか、十回、いや、百回出しても、オラオラにはならないだろう。

「キスしたら、大きくなるのかしら」

「はいっ。麗子係長の舌も唾《つば》も、最高ですから」

「可愛いこと言ってくれるのね」

麗子が瞳を閉ざし、キスを待つ。その表情を目にしただけで、麗子の中でペニスが動く。すると、あっ、動いた、と麗子が言った。

その唇に口を重ね、舌を入れていく。またも、ねちゃねちゃとキスをする。よく、一発出すと、しばらく女体がうざったいとか聞くが、そんなことはまったくない。むしろもっと欲しくなる。

これも童貞の期間が長かったせいだろうか。けれどそうなら、それは利点となるのではないのか。一発出して、はいお終《しま》いよりも、もっとねちっこくなった方が相手は喜ぶんじゃないのか。

「うんっ、うっんっ」

麗子の舌の動きもいやらしくなる。ぐっと二の腕に爪を立て、太腿で強く腰を挟み付けてくる。

「あっ、大きくなってきたわ、近藤くん」

「はい……麗子係長のキス、最高ですから」

無心に舌をからませていると、気がついた時には、麗子の中でびんびんになっていた。

「ああ、突いて。たくさん突いて、麗子をいかせて」

そう言うと、麗子が両腕両足を解《と》いてきた。密着度が薄れるのは残念だったが、これで、上体を起こして突きに専念出来る。

身体を起こすと、ずっと押さえつけられていた乳首がぷくっととがりを見せる。豊満な乳房全体が汗ばんでいた。

隆史は麗子の腰を摑むと、いきます、と言って、抜き差しをはじめる。一発出した後ということもあり、最初からがんがん飛ばす。

「いい、いいっ……いいっ」

ひと突きごとに、たわわな乳房を前後に揺らしつつ、麗子が愉悦《ゆえつ》の声をあげる。

突きまくって、よがらせていると、自然とオラオラ気分になっていく。

ほらっ、どうだいっ、麗子っ。俺のち×ぽでいい声で泣くじゃないかっ。もっと泣かせてやるぜっ。

「ほらっ」

と思わず、声を出してしまう。が、よがりまくっている麗子は気付かない。

「いい、いいっ、おち×ぽ、いいのっ」

麗子がすがるような目で見上げてくる。

「おま×こ、最高ですっ。麗子さんのおま×こ、最高過ぎますっ」

隆史はそう叫び、ひたすら突きまくる。

「ああっ、足を、足を持ってみてっ」

と麗子が言う。はい、と隆史は繋がったまま、麗子の太腿を摑み、often白い生足《なま》を上げていく。そして肩に乗せると、あらためて突きはじめる。

「いい、いいっ……それ、いいっ」

同じ正常位でも、形を微妙に変えなくてはいけないんだ、と知る。が、今度は足を上げた形で、ひたすら突いていく。

「ああっ、折ってて、そのまま折ってっ」

折る？　隆史は一瞬頭をひねったが、脳裏にAVのワンシーンが浮かび上がる。そうかっ、このまま折り畳むのかっ。

隆史は麗子の足を抱えたまま、上体を倒していく。すると、肉の結合がより深くなっていく。

「あ、ああっ、突いてっ、突いてっ」

麗子の膝が乳房に届くほどに彼女の身体を折り畳ませると、隆史は腰を激しく動かしはじめる。ずどんずどんと斜め上から打ちこんでいく。

「いい、いいっ……それ、いいっ……」

一撃ごとに、麗子が歓喜の声をあげる。

「麗子さんっ、麗子さんっ」

「ああ、ああっ、いきそうっ、ああ、麗子いっちゃいそうなのっ」

「僕もですっ、ああ、僕もまた、出そうですっ」

「いっしょにっ、ああ、今度はいっしょっ……また先にいったら……ああ、クビよっ」

「クビはいやですっ、麗子係長っ」

「じゃあ、いっしょにいくのよっ」

「はいっ」

隆史は渾身の力を込めて、とどめを刺すべく、一撃を見舞った。

「ひいっ……いくっ」

ついに麗子がいまわの声をあげた。白い裸体にどっとあぶら汗が浮かび、麗子の身

体から、むせんばかりの牝の匂いが立ちのぼる。それを嗅ぎつつ、

「出るっ」

と叫び、隆史ははやくも二発目のザーメンを、女上司の子宮にぶっかけていく。

「ひいっ、いくいくっ」

麗子はさらにいまわの声をあげ、折られている下半身を大きく弾ませる。その勢いで、脈動を続けるペニスがおんなの穴から抜けた。

ザーメンが麗子の美貌から乳房へと掛かっていく。

「んああっ、熱いわ……っ」

「あっ、麗子さんっ」

ごめんなさいっ、と謝りつつ、自分が出したザーメンで汚れていく麗子を見ながら、

隆史はあらたな昂ぶりを覚えていた。

第五章　義姉とふしだらな三次会

1

「はあっ……麗子さん……」

隆史は擦り切れた畳の上で、ひとり悶えていた。

朝起きてからずっと、なにをしても、いく、と叫んだ時の麗子の顔や、ザーメンを受けた麗子の顔が浮かんでくる。

今日一日、まったく仕事にならず、自宅に持ち帰って仕事をするつもりだったが、だめだった。ずっと勃起させたままで、一度出してすっきりさせてから仕事にかかろうと思うのだが、一度出したくらいでは収まりがつかなくなり、下手をすると二発、三発と繰り返しそうで、最初の一発目を躊躇《ちゆうちよ》していた。

携帯が鳴った。麗子からかっ、と早くもブリーフの下で先走りの汁を出しつつ、液晶画面を見た。

『美里義姉《みさとねえ》さん』

と出ている。美里は十歳上の兄貴の奥さんで、隆史より三つ上の美人だ。

今、横浜に住んでいるのだが、兄貴は商社マンで年の半分は外国にいるため、たまにこうして暇潰しの連絡があるのだった。

時計を見ると、すでに午後十時をまわっている。

「美里義姉さん、こんな時間になんだろう……？」

はい、と出る。

「あっ、隆史くん。急で悪いんだけど、これから出てこれないかしら」

「えっ」

「今、池袋にいるの。隆史くんち、近いでしょう」

「ええ、近いですけど」

「じゃあ、おいでよ。飲み直しましょう」

飲み直すって、隆史は飲んではいないのだが。今夜の美里は妙にハイテンションだった。普段落ち着いた印象の女性だけに、珍しい。

美里は池袋の東口にいるから、と言って、電話を切った。

とにかく行かないと、とTシャツにブリーフだけでごろごろしていた隆史は起き上がると、ジーンズを手にした。その時、我慢汁で汚れたブリーフの先端が目に入った。着替えるか。万が一なにかあるかも……って、美里義姉さんと万が一？……なにを考えているんだっ。

このところ、麗子係長、おぐっち、由貴と続けて関係を持っているため、なんだか美里とも出来そうな錯覚を感じてしまう。おいおいっ。これって、モテ男くんの思考じゃないかっ。

童貞生活三十年だったこの俺が、そんな思考になるとは。これこそ、モテバブルだ。美里の顔が浮かぶ。美里はストレートの黒髪が似合う、和風美人だった。会うたびに、綺麗な人だな、兄貴がうらやましいな、と思っていたのだ。

そもそも、美里は兄貴の奥さんだ。なにかあるなんて、ありえない。

と思いつつも、隆史は我慢汁で汚れたブリーフを脱ぎ、新しいブリーフに着替えた。

「ごめんね。こんな時間に呼び出して」

「いいえ……」

美里は黒のノースリーブのワンピース姿だった。いつもは流している黒髪をアップにまとめている。そのぶん、細面《ほそおもて》の美貌が際立《きわだ》って見えていた。

「今夜、中学の同窓会だったの」

「ああ、そうですか」

それで、普段見ないようなドレッシーなかっこうをしているのだ。彼女は普段着でも綺麗だったが、黒のシックなワンピース姿も魅力的だった。

「池袋で二次会をして、意外に早くお開きになったんだけどね。隆史くんが確か、近いところに住んでいるって思い出して、電話したの。大丈夫だったかしら」

「大丈夫です」

「良かった。じゃあ、ちょっとだけ、付き合ってくれないかな」

十時半をまわっている。飲んでも一時間くらいだろう。終電には間に合うはずだ。

終電っ……その言葉を思い浮かべて、ドキンとする。終電を逃すと、どうなるのだろうか。隆史くんのアパート近いんでしょう。じゃあ、泊まろうかな……。

ありえるんじゃないか。いや、ありえても、それだけだ。美里義姉さんは兄貴の奥さんなんだから。

「ちょっと行ってみたいバーがあって。いいかな」

はい、とうなずくと、行きましょう、と美里が腕をからめて密着してきたのだ。

えっ、どうしたのだろう。今夜の美里はいつもの落ち着いた義姉さんらしくない。

隆史は半袖のポロシャツで来ていた。美里の二の腕が隆史の二の腕にくっついている。しっとりとした感覚に、ドキドキする。それに、美里からなんとも言えない甘い薫りが漂《ただよ》ってきている。

スクランブル交差点を渡ってしばらく歩くと、ここかな、と美里が足を止めた。飲食店が入った雑居ビルの地下へと階段を降りていく。すると、美里の匂いがむっと濃くなった。

なにやら密会しているような気分になり、我慢汁を出してしまう。

バーは混んでいた。カウンターに並んで座る。

「なかなか、こういう店に来る機会がないのよね」

カクテルを注文し、美里が隆史を見つめてくる。すでにかなり酔っているようだ。

ここまで来る間も、けっこうふらついていたから、それで腕をからめてきただけなのかも、と思った。

「兄貴とは来ないの？」

「ぜんぜん。外で食事することも、めったになくなったの……」

そう言って、寂《さび》しげな横顔を見せる。そんな義姉に、心臓がまた一つドキンとする。

カクテルで乾杯すると、美里がグラスに唇をつけた。

「今日、同窓会にあの人が来たの……」

そう言って、頬を赤らめる。

「あの人って？」

「高梨《たかなし》くん。私の初恋の人」

「そうなんですか」

「それでね。酔っていたのもあるんだけど、二次会で隣になったから、中学の頃、好きだったの、と告白したの」

「義姉さんが、告白……」

そんなタイプには見えないから驚いた。兄貴とうまくいっていないのだろうか。それはそれで心配だ。

「そうしたら、高梨くんも好きだったんだ、と言ってくれて」

「はあ……」

「それで、二次会が終わったら、ふたりきりで飲まないかって誘われて……トイレのところで、いっしょになって……高梨くん、さっとキスしてきて……」

「えっ、同級生とキスしたんですかっ」

思わず大声をあげてしまう。洒落たバーでは場違いな大声を出してしまい、恥ずかしくなる。

「ええ……なんかすごく久しぶりのキスで……もちろん、主人以外の男性とするなんて……もう何年ぶりかわからないくらいだし……」

そう言って、はあっと火の息を洩らし、美里がカクテルを飲み干す。そして、同じものを、とバーテンに頼む。

「それで、二次会が終わって、ふたりだけで輪の中から離れて、静かな場所に向かっていたの……私、もうドキドキで、心臓が破裂しそうだった」

「は、はい……」

「でも途中で、高梨くんったら立ち止まって、やっぱりこんなことといけないよ、って言うのよ」

「…………」

「ラブホのネオンが見えはじめたところなのよ？　そこまで来て、不倫はいけない、それもダブル不倫なんてだめだよ、なんて言うの」

高梨という男も結婚しているのか。

「どう思う？　隆史くん」

「えっ、そ、そうですね……」

どう思うと聞かれても困る。隆史が第三者ならまだしも、義理の弟なのだ。

お代わりが来る。それもまた、美里はあっという間に飲み終え、お代わりを頼む。

それくらいにしておいた方が、もうすぐ終電ですし、と言おうとして、隆史ははっとなった。

このまま終電を逃せば……自然と隆史のアパートに、ということになりはしないか。

どうやら、美里は初恋の相手にラブホを前にして振られて、やけになっているようだ。

キス自体久しぶりだと言っていた。兄貴とキスしていないのか。

兄貴夫婦も結婚して五年になる。付き合っている期間も入れれば、もう七年くらいか。そうなると、キスもしなくなるのか……。

隆史はしたい。今すぐにでも、美里とキスをしたい。ペニスは二の腕をからめられた時から、ずっと勃ちっ放しだ。

三杯目が来た。

「ねえ、私って、もう女として魅力ないのかしら」

こちらを向き、膝の上に手を乗せて義姉が顔を寄せてくる。

「えっ、いや……」

麗子や美奈、それに由貴相手なら、即座に魅力的と言えたが、相手は義理の姉なのだ。安易に魅力的だと言っていいのだろうか。

「ああ、やっぱり、女として終わっているのね……」

そう言うと、美里の大きな瞳に涙が潤みはじめる。

「義姉さん……」

思わず、彼女の頬を伝う涙の雫《しずく》を拭っていた。

美里は三杯目も水のように一気に飲み干すと、帰ります、とカウンターから降りようとする。だが、かなり足をふらつかせ、あっと隆史に抱きついてきた。

反射的に腕で支えると、豊満な胸元を身体《からだ》に感じた。意識しないようにしていたが、美里はかなりの巨乳なのだ。その双丘を、もろにポロシャツ越しの胸板に感じてしまい、思わず強く抱きしめていた。

美里はやわらかな肉体を義弟に預けてくる。

「ああ、終電……もうすぐ終電よね」

「そうですね」

「ね、駅まで送って……」

そう言って、美里がノースリーブから剝き出しの両腕を、隆史の首に巻き付けてくる。バーゆえに、じろじろ見てくる者はいなかったが、やっぱり恥ずかしい。だがそれと同時に、妙に誇らしくもあった。

会計を済ませ、店の外に出る。

「ああ、そんなに魅力ないかしら。自信なくすわ」

「えっ、いや、そんなことは……」

ないです、と言おうとして開いた口に、美里がやわらかな唇を押しつけてきた。アルコール混じりの火の息と共に、美里の舌がぬらりと入ってくる。

「う、ううっ……」

義姉さんいけません、と言おうとしつつも、美里の舌にからめてしまう。カクテルが混じった唾液はとろけるように甘かった。

「あっ、ごめん……忘れて……」

はっと我に返った美里がそう言い、店の階段を自力で上がろうとする。が、かなり足に来ていて、あっというまにバランスを崩した。背後に倒れそうになった義姉を、隆史は思わず抱き止める。

ちょうど一段下から胸元を摑《つか》む形になってしまった。ワンピースとブラカップ越しではあったが、豊満なふくらみに血圧がグンと上がる。

そのまま離せなくなり、いつの間にか揉んでいた。すると、

「あんっ」

と美里が甘い喘ぎを洩らした。

隆史はもう手を離す気さえなくなり、そのままの状態で揉み続ける。

「はあっ、あんっ……」

揉みしだくごとに彼女は敏感な反応を見せ、さらに体重を隆史に掛けてくる。

「あっ、義姉さんっ……」

完全に身体を預けられ、そのまま階段を降りるかっこうになる。そして、地下に戻ると、支えきれずにふたりとも、床に膝をついてしまった。

「あっ、ごめんなさい……」

「すいません。力がなくて……」

いいのよ、とかぶりを振り、再び義姉が美貌を寄せてくる。また、唇と口が重なる。さっきは突発的なキスだったかもしれないが、今度はお互い望んだキスだ。

「うんっ、うっんっ」

ねっとりと舌をからませあい、お互いの唾液を流し込む。濃厚なベロチューを美里

と交わしあう隆史は、義姉の唾液をごくんと飲みつつ、バストの隆起をワンピース越しにあらためて摑んだ。すると、美里の身体がぴくっと動く。

「ああ……終電、急がないと……間に合わないわ」

「そうですね。急ぎましょう」

そう言って、隆史と美里は立ち上がる。そして階段を昇りはじめるが、足取りが重い。酔っていることもあったが、お互い、終電に間に合わそうという気がないのだ。

地上に出た。駅のホームまでは十分くらいかかるか。時計を見ると、あと十二分ほどある。

「間に合いますよ、義姉さん。さあ、行きましょう」

と隆史の方から、美里の手を取る。兄嫁はぎゅっと握り返してきた。

深夜の歩道を池袋駅へと向かっていく。終電が近いこともあり、走って駅へと向かう男女をたくさん見掛ける。

「走らないと、間に合わないわね」

「そうですね。走りましょう」

そう言いつつも、美里も隆史もどちらも走り出さない。けれど終電に乗るべく、駅へと向かってはいた。隆史の気持ちはすでに、隆史のアパートにあった。たぶん、美里も同じだ。

ただ、終電に乗るべく頑張ったけど間に合わなかった、という言い訳作りのために、駅へと向かっているだけだ。

どうにか改札に着いた時には、終電は発車していた。

2

タクシー乗り場はかなりの列で、やっぱり今夜も歩いて隆史たちはアパートまで向かった。歩くこと三十分余り。その間、隆史も美里も一言《ひとこと》も話さなかった。

手はずっと繋いでいたから、お互いにアパートが近づくにつれ、相手が緊張していくのがわかった。

「どうぞ」

と軋《きし》むドアを開けて隆史が先に入る。美里は無言のままパンプスを脱ぐ。

アパートの前で美里は自分の夫、つまり隆史の兄貴に、終電に乗り遅れたから友達のところに泊まる、とメールしていた。

兄貴からは、了解、という返事だけが返ってきた。

これで外泊OKだ。ずいぶん、あっさりとしたものである。こんなだから、美里は同級生と浮気しようとして、それがダメになり、義弟を呼びつけたのだろう。

美里が無言のまま、部屋の奥へと入ってくる。

その瞬間、隆史は美里を抱き寄せ、みたび唇を重ねていた。すると美里は待っていたように、両腕を背中にまわしてきて、密着しつつ、舌を委ねてくる。

「うんっ、うっんっ、うんっ」

義姉とのベロチューは、麗子や美奈、そして由貴とのキスとはまったく違っていた。

なんといっても、美里は兄貴の奥さんなのだ。

これはれっきとした不倫であり、兄貴を裏切っていることになる。が、それが強烈な刺激となり、からませている舌が痺れそうになっていた。

もちろんペニスはびんびんで、我慢汁は大量に出ている。今、ベロチューしつつ、ペニスを撫でられたら、それだけで即発射しそうな気がした。

はあっ、と息継ぎをするように唇を離した。

すると、美里が両手を背中にまわした。じっと義弟を見つめ、ワンピースの背中のジッパーを下げていく。そして肩から袖を抜き、ぐっと引き下げた。

すると、たわわに実った乳房の隆起があらわれた。ブラはハーフカップで、今にも乳首がこぼれそうだ。

美里はなおも隆史を見つめつつ、ブラのホックまで自分で外した。カップがめくれ、豊かに実った乳房がすべてあらわれた。

「大きいんですね……」

「ああ、そうよ……大きいの……知らなかったのかしら」

「見ないようにしていました。だって、兄貴のおくさ……」

奥さんだから、という前に、口を唇でふさがれた。またもぴちゃぴちゃと唾液の音を立てて舌をからませつつ、今度はじかに、義姉の乳房を摑んでいった。

美里の乳房はやわらかかった。五本の指が、ぐぐっと食い込んでいく。が、奥からぐっと押し返される。それをまた揉み返してゆく。

「はあっ、ああ……あんっ」

唇を離し、美里は火の喘ぎを洩らす。露わになっている鎖骨から乳房に掛けて、うっすら汗がにじんでいる。

隆史はもう片方のふくらみも摑むと、左右同時にこねるように揉みしだいていく。

「ああっ、あんっ」

美里がよろけ、支えを求めるかのように隆史の股間を摑んできた。

「あっ……」

びりりっと鎌首から電流が流れ、隆史は危うく暴発しそうになる。童貞だったら間違いなく、この瞬間に出していただろう。

「ああ、隆史くんも大きいのね。見てもいい？」

と美里がはにかむような表情で聞いてくる。隆史が義姉の乳房を揉みつつ頷《うなず》くと、美里はするりとジーンズのボタンを外し、ブリーフといっしょにぐっと引き下げていった。

弾けるように、びんびんのペニスが跳ね上がる。

「あっ、すごいっ。大きいっ」

と言うなり、美里はその場にしゃがんでいく。隆史の手から兄嫁の豊満すぎる乳房が離れていく。

義姉の鼻先で、ペニスがひくひく動く。兄貴の奥さんだと思うと、見られているだけでもペニスが反応してくるのだ。

「ああ、こんなにたくさん、出して」

と言うなり、美里がピンクの舌を出して、ぺろりと先端を舐めてくる。

「あっ、義姉さんっ……そんなっ、やっぱり、まずいよ」

こうしてフェラされることを望んでわざと終電を逃させていたが、いざ、舐められると、罪悪感が湧いてくる。

「おち×ぽは、まずいって思っていないようよ」

そう言って、裏筋にねっとりと舌腹を押しつけてくる。

「あ、ああっ、それ……それだめです、義姉さん」

裏筋を舐められると、あらたな我慢汁が出てくる。

「まずいですよ……ああ、今から横浜に帰った方がいいですっ」

「あら、そんな思ってもいないこと、言うのかしら」

美里は大きく唇を開くと、鎌首を咥えてきた。くびれで唇を締め、じゅるっと鎌首だけを吸ってくる。

「あ、ああっ……」

たまらなかった。隆史はじっとしていられず、腰をくなくなさせる。

美里が唇を引いた。鎌首だけ唾液でぬらぬらになっている。それを手のひらで包み、撫でまわしてくる。

「あっ、ああっ、それ、それっ、だめですっ」

隆史が腰をくねらせ喘ぐ様《さま》を、美里はうふふと笑って見上げている。普段の落ち着いた雰囲気の彼女とはまったく別の顔を見せている。

そのことに、隆史は余計興奮していた。

「お尻向けて」

と美里が言う。

「お、お尻……ですか」

そう、と言いつつ鎌首を撫で撫でし続けている。隆史はくなくな腰をくねらせつつ、言われるままに義姉に臀部を見せた。すると尻たぼを摑まれ、ぐっと開かれる。

「えっ、まさかっ」

「なにが、まさかなのかしら」

と言うなり、美里がぺろりと肛門を舐めてきたのだ。

「あっ、だめですっ。シャワー、浴びてませんっ」

「知っているわ。だから、いいんでしょう」

と言いながら、義姉はぺろぺろ、ぺろぺろと肛門に舌を這わせる。ぺろりと掃《は》かれるたびに、ペニスがぴくっと動く。ケツの穴とち×ぽは連動してるようだ。

「ああ、ああ……義姉さんっ……ああ、そんなっ」

「隆史くん、シャワーを浴びていないおま×こ、舐めたことないのかしら」

「えっ、あ、あります……」

由貴と麗子のおま×こが浮かぶ。どちらも牝の濃い味がして、興奮した。

「その時、興奮したかしら。それともいやだったかしら」

「こ、興奮しました……」

「女もいっしょよ。洗ってないおち×ぽもお尻も興奮するの」

そう言うと、ぐっと尻たぼを開き、とがらせた舌先を尻の穴に忍ばせてくる。

「ああうっ……」

ぴくぴくとペニスが跳ねる。

「ああ、隆史くん。今度はそっちから、おねがいできるかしら」

美里が自らの手でワンピースを脱いでいく。剝き出しになった下半身では、紫のパンティが股間に貼り付いていた。絖白い人妻の肌に、紫がエロく映えている。

「義姉さん、紫なんか穿くんですね」

「そうよ、穿くの。いけないかしら」

「いいえ、いけなくありません。むしろいいです、いいですっ」

と言って、隆史は義姉の恥部に顔面を押しつけていく。紫のパンティ越しに、ぐりぐりと顔を埋《うず》めるのだ。

「あっ、あんっ」

今度は、美里がぴくぴくと腰を震わせる。

「ああ、じかに、おねがい」

義姉におねだりされ、隆史は紫のパンティを下げる。すると、濃い目の茂みがあらわれた。そこから、むせんばかりの牝の性臭が放たれてくる。

「ああ、義姉さんも、こんなエッチな匂いをさせているんですね」

「そうよ……エッチなの……エッチなの」

美里も欲求不満の人妻ということか。

濃い目の茂みを梳《す》き分け、割れ目を露わにさせると、開いていく。

真っ赤に発情したおま×こがあらわれた。それはすでにぐしょぐしょで、肉の襞の連なりが、義弟を誘うように蠢《うごめ》いている。

「ああ、誘っています。ああ、義姉さんのおま×こ、誘ってます」

「はあっ、ああ……いつまで見ているだけなの……やっぱり、シャワー使わないと、舐められないかしら」

「いいえっ。でもやばいですよ、こんなこと……」

「そうね。いけないことをしてるわね」

じれたのか、美里の方から露わな恥部を隆史の顔面に押しつけてきた。

「うぐぐ……」

隆史の顔面が、義姉の発情した匂いに襲われる。

濃厚過ぎて、くらくらしてくる。逆の意味でやばく感じる。しかもこの匂いは兄貴の奥さんの匂いなのだ。

こんなことだめだ、という罪悪感が、背徳感に変わっていく。それは美里も同じなのか、さらにぐりぐりと恥部を義弟の顔面にこすりつけてくる。

やられるばかりじゃ能がないと、隆史は反撃に出る。クリトリスを口に含み、じゅるっと吸いたてた。

「ああっ、あんっ」

ひと吸いで、美里ががくがくと股間を震わせる。人妻らしくかなり敏感だ。

「もっと、もっと吸ってっ」

はい、と返事をして、根元からちゅうちゅう吸いまくる。と同時に、茂みの中に指を入れていった。

すぐに指先が熱いぬかるみに包まれる。

「ああっ、いっしょねっ……ああ、クリとおま×こ、いっしょねっ」

美里の方からさらに股間をせり出してくる。勝手に、人差し指が義姉の中に入っていく。

「ああ、一本じゃ、いやっ」

と早くも、二本目をねだってくる。隆史は中指もずぶりと入れる。

「ああっ、掻き回してっ、美里のおま×こ、掻き回してっ、隆史くんっ」

相当欲求不満が溜まっているのか、初恋の男に振られたのがよほど悔しいのか、義姉はひたすら肉の喜びを求めていた。

隆史は二本の指でぬかるみを掻き回す。と同時に、クリトリスの根元に歯を当て、甘嚙《あまが》みを見舞う。人妻だから、ちょっと強めの刺激がいいかと思ったのだ。

それにしても、義姉のおま×こを顔面に受けつつ、そんなことを思う余裕があるのだ。自分の成長ぶりに、隆史は我ながら感心する。

「あっ、なにっ、ああ、なにそれっ……」

美里はクリ嚙みを痛がらなかった。

「もっと、強く嚙んでっ、強くていいのよっ」

むしろ、さらなる刺激をおねだりするのだ。甘嚙みに力を加えると、おま×こが強烈に締まってきた。

「あうっ、ううっ……」

美里がぐりぐりと股間を顔面にこすりつけ、だめっ、と崩れていった。

目と目が合うと、美里が笑った。

「んふ、まだこの部屋に、数歩しかお邪魔していなかったわね」

「そうですね」

美里は立ち上がり、奥へと向かう。むちっと熟れた尻たぼが、ぷりっぷりっとうねる様を、隆史は惚けたような顔で見つめる。

「暑いわね」

そう言って、美里は裸のまま六畳間のカーテンを開き、窓を開けた。初夏の夜風が部屋の熱気を散らしてゆく。

「ああ、いい風よ」

深夜とはいえ、全裸のまま窓を開けて、風に当たっている美里の大胆さに、隆史は目をみはる。義姉さん、こんな人だったのか。

隆史は立ち上がると、ポロシャツを脱ぎ、裸になって六畳間に入った。

美里はこちらに後ろ姿を晒したままだ。華奢《きゃしゃ》なラインの背中。ウエストは見事にくびれ、そこからむちっとした双臀《そうでん》へと続いている。

隆史は背後から抱きつきつつ、両手を前にまわして、たわわな乳房を摑んだ。

あんっ、と美里が甘い声をあげる。

「義姉さんが、こんなにエロかったなんて……」

「こんな義姉さん、嫌いかしら」

そう言って美里が首をねじり、こちらを見つめる。

「好きですっ。エロい義姉さん、大好きですっ」

こねるように双《ふた》つのふくらみを揉みつつ、隆史はそう言う。

「じゃあ、入れて、隆史くん」

美里は潤んだ瞳で、じっと義弟を見つめて言った。

「い、いいんですか……」

「いいと、思うかしら……？」

そう問われると、乳房を揉む手の勢いが弱くなる。

3

「いけないことだと、しないの？」

「えっ」

「いけないことだからこそ、したいんじゃないのかしら」

「そ、そうですね……」

隆史は乳房から手を引くと、尻たぼに手を置いた。

ぐっと開くと、ペニスを淫部へとよじり入れていく。鎌首が蟻の門渡りを通っただけで、美里の女盛りの裸体がふるえだす。彼女の緊張が伝わってくる。

鎌首が茂みに触れた。そのまま突いていく。すると、一発で鎌首がおんなの入り口を捉え、ずぶりと入った。

「あうっ」

美里が窓の縁を摑んだまま、あごを反らす。

隆史はそのままぐぐっと、熱く滾《たぎ》るような女壺へ挿入していく。

「あ、あああっ……ああっ」

美里の愉悦の声が、窓から外へと放たれた。

「窓、閉めてください……」

「ああっ、どうしてっ」

ぬかるみの媚肉が、くいくい締め上げてくる。

「声が、外に……」

「いいのっ、聞かせてあげましょうっ」

「いや、しかし……」

「ああ、突いてっ、隆史くんっ」

わかりました、と隆史は尻たぼを掴み、抜き差しをはじめる。まさか義姉と立ちバックすることになるとは。

「ああ、いい、いいっ、当たるっ、ああ、当たるのっ」

「う、ううっ、ううっ」

立ちバックだとまた突きの角度が変わり、兄貴の奥さんとしている異様な昂ぶりもあって、はやくも出そうになる。

それで突きを緩めると、

「だめ、だめっ、もうしちゃっているのっ、もう入れているのよっ、じゃあ、楽しまないとっ！　そうでしょうっ」

それはそうなんだが、義姉のおま×こは気持ち良すぎた。

「いや、で、出そうなんです！」

「えっ、もう……」

「すいません……経験が少なくて」

「いいわっ、出して！　孝一《こういち》さんも早いからっ」

「そうなんですか……」

兄貴も早いと聞き、なぜだか安心する。そうすると余裕が出てきて、また、ずどんずどんと突き込みを再開した。

「ああっ、いい、いいわっ……ああ、上手よっ、ああ、隆史くん、いいのっ」

そうなのか。兄貴より、エッチが上手いのかっ。久しぶりだから、義姉はそう感じているだけだろう。でも、上手だと言われて悪い気はしない。

隆史は調子に乗って、さらにねちっこく突き抉《えぐ》る。

「いい、いいっ、すごい、すごいのっ……あっ、はああんっ、いきそうっ」

「僕も出そうですっ」

「いいのよっ、出してっ」

「中にいいんですか」

「い、いいわっ。隆史くんの好きにしてェ！」

好きにさせてもらいますっ、と隆史はとどめの一撃を見舞った。それは美里に対してだけでなく、自分に対してもとどめだった。

「あうっ、い、いくっ」

おま×こが万力のように絞りあげられ、隆史は、おうおうっ、と吠えて射精した。昨夜、女上司相手に二発出した事などまったく関係なく、どくどく、どくどくと大量のザーメンが噴き出し、義姉の子宮を叩いた。

「う、うんっ……」

美里はぴくんぴくんとペニスを呑んだ双臀を震わせ、そして、ずるずると上体を倒していった。ヒップだけを差し上げたかっこうになるが、ペニスが抜けると、ヒップも落ちた。

「はあ、ああ……良かったわ、隆史くん」

荒い息を吐きつつ、隆史を見上げると、すぐさま、ザーメンと愛液まみれのペニスにしゃぶりついてきた。

「あっ、義姉さんっ……あ、ああっ」

即お掃除フェラに、隆史は腰をくねらせる。

「うんっ、うっんっ、うんっ」

と美里は隆史のペニスを貪り食ってくる。そんなに、ち×ぽに飢えていたのだろうか。

「ああ、美味しいわ。いった後のおち×ぽ、美味しいの」

「そう、なんですか……」

「ああ、隆史くんもいった後のおま×こ、舐めてもらえるかしら」

「もちろんです」

「じゃあ、そこに寝て」

と擦り切れた畳を指差される。隆史は言われるまま、仰向けになる。すると、荒い息を吐きつつ、美里が逆向きに跨がってきた。

隆史の顔面に、義姉の割れ目が迫る。そこから、中出ししたザーメンがあふれてくる。隆史は避けなかった。それどころか、自分から割れ目をさらに開き、美里のおま×こに舌を入れていった。

「ああっ、いいっ……ああっ、隆史くんっ。たまらないわっ」

お掃除フェラが気持ちいいのなら、お掃除おま×こ舐めも気持ちいいはずだ、と隆史はおのがザーメンを舐めることも厭《いと》わず、義姉に新鮮な刺激を与えていく。

ザーメンの味で不快に感じたのは最初だけだった。すぐに、美里の濃厚な蜜の味が勝っていき、あらたな興奮を覚える。なにせ、絶頂した直後ににじみ出た愛液なのだ。また格別の味がする。

「素敵よ隆史くん……ああ、中出ししたおま×こを舐めるなんて……あん、なかなか出来ないことよ……ああっ、うれしい……好きよ、隆史くん」

僕も義姉さんが好きです、と肉襞をめくるようにして、しっかりと舐めていく。

「ああっ、いいわ」

美里も再び、しゃぶりついてきた。半勃ちまで戻っているペニスを、一気に根元まで咥えてくる。

「うう、ううっ」

隆史はおんなの穴の奥まで舌を入れたまま、快感にうめく。

もっと義姉を喜ばせてやれ、とおま×こ舐めに力が入る。

「うっ、うんっ、うんっ」

股間から美里のうめき声が聞こえる。もっと感じさせたくて、クリトリスを摘まみこりこりところがした。すると、

「はあっ、あんっ」

とペニスを吐き出し、美里が甘い声をあげる。もちろんその間も肉茎を摑み、しごき続けてくる。

またもペニスが唇に含まれる。隆史は腰を突き上げ、七分《しちぶ》まで戻ったペニスで喉を

えぐった。

「う、うう……」

突いているうちに、男根の硬さは一気に全開へと戻る。

「うぐぐ、うぐぐ」

股間から聞こえるうめき声がつらそうだ。隆史は突くのを止《や》めて、腰を下げる。が、ペニスは美里の口から抜けなかった。

美里の方がしゃぶりついてきたのだ。だから、根元まで咥えられたままだ。

もしかして、もっと突いて欲しいのか、と思い、おま×こを舐め、クリをいじりつつ、ぐぐっと喉まで突いていく。

「う、ううんっ」

隆史を跨いでいる太腿がぴくぴくと痙攣すると同時に、おま×こがきゅきゅっと締まり、隆史の舌を挟んできた。今度は、ううっ、と隆史がうなる番だった。

「ああ、すごいわ。さっき出したばかりなのに、もう、こんなになって……」

火の息を吐きつつ、美里がそう言う。

「隆史くんって、エッチでは違うのね」

「えっ、違うって」

「なんていうか、普段は線が細い感じでしょう。でもエッチの時は、たくましいわ」

そう言いながら、ペニスをしっかりと摑み、ぐいぐいしごいてくる。

義姉にたくましいと言われて、さらにペニスが猛《たけ》り立つ。

「んふう、大きくなったおち×ぽをしごいていると、ああ、また、おま×こに欲しくなったわ」

「僕も入れたいです」

美里が起き上がった。今度は美里が擦り切れた畳に仰向けになる。

「来て……」

としなやかな両腕を伸ばしてくる。

「義姉さん」

今度は隆史の方から、美里の裸体に覆い被《かぶ》さっていく。人妻らしく、自然と両足を開いてくれる。

隆史は美里の乳房を胸板で押しつぶすように抱きつくと、股間に手をやり、ペニスの先端を義姉の割れ目に押しつける。抱きついたまま入れようとするが、なかなか上手くいかない。

あせりはじめると、美里がペニスを摑んできて、入り口の穴に導いた。

「そのまま、突いて」

と美里が言い、隆史は言われるまま腰を突き出す。すると、ずぶりと先端が媚肉に突入した。

「あぁっ」

美里が火の息を隆史の顔に吹きかけ、キスしてきた。ぬらりと舌が入ってくる。

隆史は義姉と舌をからめつつ、ずぶずぶと入れていく。キスしつつの挿入だ。隆史にとって難易度が高かったが、義姉のヘルプで結合出来た。

「う、ううっ」

ペニスに貫かれた喜びを伝えるように、美里が火の息を吹き込みながら、ねっとりと舌をからめる。

隆史は義姉と密着したまま、腰を上下させていく。ひと突きごとに、ううっ、と火の息が吹き込まれる。

義姉のおま×こは立ちバックの時よりさらに熱く、さらにどろどろになっていた。ひたすら、義弟のち×ぽを求めている。

隆史は一直線に突きまくる。キスを解くと、

「いい、いいっ、おち×ぽ、いいっ」

と美里が絶叫する。シャワーも浴びていない汗ばんだ裸体からは、むせんばかりのおんなの匂いが立ちのぼっている。

それをくんくん嗅ぎつつ、隆史は正常位で突き続けるのだ。

「あ、ああっ、いきそう……ああ、隆史くん……美里、いきそうっ」

「僕もですっ、義姉さんっ」

「いっしょにっ、ああ、いっしょにいってっ」

「はいっ、いっしょにいきますっ」

呼吸を合わせるようにして、隆史は突いていく。

「あ、ああっ、来るわっ、ああ、来るわっ。出してっ、いいわっ、出してっ」

出して、と言うたびに、おま×こ全体でペニスを絞り上げてくる。

「あっ、ああっ、それ、それっ、ち×ぽがっ」

「来て、来てっ、出してっ」

「ああっ、ああっ、で、出るっ」

早くも隆史は、二発めのザーメンを義姉の子宮に向かって噴射させた。

「あっ、いく、いくいくっ」

美里がいまわの声をあげ、さらにしっかりと抱きついてくる。両腕と両足で、がっちりとホールドされた。そのままで、汗まみれの裸体を痙攣させ続ける。

隆史のペニスはなおも、美里の中で脈動を続ける。

「あっ、また……また、い、いく……」

短く告げて、美里が白目を剥いた。両腕と両足がひくひくと痙攣して、隆史の身体から離れる。

「義姉さん……」

アクメを迎え、そのまま気を失った義姉の横顔は、神々しいほど美しかった。

まさか、この俺が……ついこの間まで童貞だった俺が……義姉をエッチで失神させるなんて……。

隆史は感動で、目頭が熱くなった。

第六章　快楽の3P残務処理

1

文具博の前日、隆史はイベント会場に来ていた。開幕を明日に控え、N文具の企画の最終確認を、営業部と合同でやるためだ。すでに作業はほぼ終わり、ほとんどの社員が明日のために帰っていた。

終電が近いこの時間、N文具のスペースに残っているのは、企画部の係長の名波麗子と部下の隆史と吉高由貴、そして営業部長の高岡《たかおか》だった。ほどなくして高岡も、じゃあ明日、と出て行く。

「ああ、もうこんな時間ね。終電に間に合わないわ。私たちも出ましょうか」

と麗子に言われ、はい、と隆史と由貴もイベントホールを出る。ここから徒歩五分のところに、駅がある。

あと七分で最終が出る。それを逃すと、帰る手段がなくなってしまう。

隆史は自然と早足になっていた。が、麗子はゆっくりと歩いている。すでに肉の関係があるとはいえ、係長を追い越すわけにはいかない。

「係長、急ぎましょうっ」

と隆史は急《せ》かしたが、そうね、と言いつつ、麗子の足取りは変わらない。隣を歩く由貴を見ると、彼女もあせった様子を見せていない。

「遅れますよっ。これ逃したら、まずいです」

「そうかしら」

そうかしらってなんだ。もしかして、またも確信犯なのか。確信終電逃しなのか。

麗子はそれでいいかもしれないが、由貴はどうなのだ。

「吉高さん、先に行っていいわよ」

と麗子が言う。

「はい、ありがとうございます」

と言うものの、由貴も足取りを変えず、麗子を追い越すことはしない。

いったいどういうことだ。どうなるんだ。

改札に近づいた時には、発車のベルが鳴り止み、電車が出発する音がホームから聞こえてきた。

「あら、終電、行っちゃったわね」

と麗子が言う。

「行ってしまいましたねえ」

と由貴が答える。麗子が振り返ると、由貴が挑むような目で女上司を見ていた。

「どうします、係長」

ひとりだけ、あせったままの隆史が聞く。

「もしかして、準備が押して終電を逃すかもしれないから、すぐそこのホテルに部屋を取ってあるの」

と麗子が言った。

「そうなんですか、さすが係長。最悪の事態も考えているんですね」

最悪なのだろうか。最良なのか。もうよくわからない。

「でもツインが一室だけよ。エキストラベッドを入れれば、三人でもＯＫかしらね」

そう言うと、そばに建つ十階建てのホテルに麗子が足を向ける。

隆史は由貴を見て、どうするの？　と目で問うが、なにも返事はない。

そのまま黙って、隆史と由貴は麗子の後をついていく。

今日の由貴はノースリーブのニットにタイトスカートだった。今日は朝からイベントホールに入り、準備をやっていたが、ニットの胸元や剝き出しの二の腕、それにちらりとのぞく腋の下に、隆史は何度も目を奪われてしまっていた。

一方、麗子は紺のジャケットに紺のパンツに白のブラウスという、オーソドックスな姿だ。それゆえ、どうしても肌の露出が多い由貴を見てしまっていた。

ホテルに入り、フロントに向かう。

「あの。僕、別に部屋を取りましょうか」

と隆史は麗子の背中に声を掛けた。一応、気を使ったつもりだった。

が、彼女は立ち止まって振り向くと、どうして、というように小首を傾げてきた。

「エキストラベッドを頼めばいいだけよ、近藤くん」

「いや、しかし……」

「吉高さんはどうかしら」

「三人で構いません」

とあっさりとそう言う。そして、由貴がいっしょに泊まると言ってきても、麗子は表情を変えなかった。たぶん、隆史とやるつもりでホテルを取って、終電逃しをしたのだろうが、そこに由貴もついてきてしまっている。

となると、なにもしないで一夜を過ごすことになる。隆史的にも麗子とやれないのは残念だったが、仕方がない。でも麗子と由貴といっしょの部屋で、ちゃんと眠れるだろうか。どうしても悶々として寝られなさそうだ。

「じゃあ、それでいいわね、近藤くん」

と麗子に聞かれ、はい、と隆史はうなずく。女性ふたりが、三人でいいと言っているのだ。隆史が反対する話ではない。

フロントでカードキーを貰《もら》い、エレベーターに乗り込むと、密室の中が、すぐにふたりの女性の匂いに満ちた。朝から終電まで設営に励んだのだ。空調がしっかりしたイベント会場とはいえ、ふたりとも汗を掻いたのだろう。

特に由貴はノースリーブだ。剝き出しの腋から、甘い汗の匂いが薫ってきていた。

隆史はすでに、股間をむずむずさせていた。

由貴が同室になることで、麗子とはなにもない一夜になりそうだと思っていたのだが、ふたりの汗の匂いを嗅いでいるうち、もしかして、このふたりをいっしょにやれるんじゃないか。夢の３Ｐができるんじゃないか、と期待が湧き上がってきたのだ。

その昂りは、エレベーターが上昇するにつれ、ともに跳ね上がっていった。

十階に着いて、エレベーターが開く。隆史だけ深呼吸をしていた。

麗子が先に出て部屋へと向かい、ここね、とカードキーを入れる。

そしてドアを開いて中に入っていく。失礼します、と由貴も入り、隆史が続く。ドアを閉めると、空気が濃くなった。

部屋はごく普通のツインルームで、セミダブルのベッドがふたつ並んでいる。

麗子はここで、また隆史に抱かれてくれるつもりだったのだろうか。でもどうして、由貴もついてきたのか。あの時、急げば由貴は終電に間に合ったはずだ。

麗子がジャケットを脱いだ。すると、ブラウスの胸元がやけに目立つ。

「お風呂に、お湯をはってくれるかしら」

と麗子が誰にともなく、そう言った。すると隆史が動く前に、由貴がはい、とバスルームに向かっていく。

まあ、この中では由貴が一番下だから、由貴が動くのが普通といえば普通だった。

「吉高さんとやっぱり、なにかあるのね」

ふたりきりになると、麗子がそう言った。

「い、いいえっ、なにも……」

「正直に言いなさい。なにもないなら、あの子がいっしょに泊まろうなんて思わないでしょう」

そう言いながら、麗子が迫ってくる。

「いや、その……」

「お湯、出しました」

と由貴が戻ってきて、麗子の尋問は中断される。

ほどなくして、チャイムが鳴った。由貴が出ると、ホテルの従業員がエキストラベッドを搬入しに来ていた。

「そこにおねがいします」

と窓側のベッドの横に置くよう、麗子が指示を出す。

ベッドが三つ並ぶと、本当に今夜は三人で泊まるんだ、という実感が強くなり、夢の3Pという淫絵が隆史の脳裏に浮かんでくる。

失礼します、とスタッフが出て行くと、部屋のおんなの空気がより濃厚になった。

ジャケットを脱いだ麗子とノースリーブニットの由貴の身体《からだ》から、お互い、競うようにむんむんと女の匂いが放たれているのだ。

どちらも、隆史を誘っていた。食虫花が獲物を呼び寄せるように、蠱惑《こわく》の匂いを放っている感じだ。

「近藤くん、ジャケットを脱いだら？　ネクタイも取って、寛《くつろ》ぐといいわ」

麗子にそう言われ、はい、とジャケットを脱ぐと、由貴がすうっと寄ってきて、手を伸ばしてきた。

「ジャケット、どうぞ」

と言う。麗子が脱いだ時は、由貴は動かなかったのに。

実際、麗子が脱いだジャケットは、まだベッドの上にある。

「えっ、い、いや……」

麗子の目を気にしてジャケットを渡せなかったが、由貴はそれを奪い取り、さらにネクタイも、と剝き出しの両腕を隆史の首に伸ばしてきた。

「あっ、いや、自分でするから……」

「遠慮なさらずに」

と言って、由貴が甲斐甲斐しくネクタイを外してくる。Ｎ文具一のマドンナにネクタイを緩められ、隆史のドキドキは跳ね上がった。

由貴はジャケットとネクタイを手に、そのままクローゼットへと向かう。

隆史はいたたまれず、麗子に愛想笑いを見せた。

と、お湯が溜まったことを知らせるブザーが鳴った。

「名波係長、お先にどうぞ」

と隆史が言うと、戻ってきた由貴も同じように麗子をうながす。

「じゃあ、そうさせてもらうわ」

と麗子はうなずいたが、なんとその場でブラウスのボタンを外しはじめた。

浴室に行って脱ぐとばかり思っていた隆史は目を見張る。が、由貴は表情を変えなかった。予想していたのか。

美人係長がブラウスのボタンを外していくと、胸元があらわれる。黒のハーフカップから露出した乳房のふくらみが眩しい。

見てはまずい、と隆史は視線をそらすが、麗子は、

「どうしたのかしら」

と平然としている。由貴にすでに隆史と肉体関係があることを知られてもいいようだった。もちろん麗子は独身だし、悪いことをしているわけではないが、上司と部下の肉の関係には違いないのだ。ふつう、知られたくないはずなのだが。

隆史が狼狽《うろた》えているうちに、麗子がブラウスを脱ぎ去ると、それを隆史の方に突きつけて言った。

「皺になると困るから、おねがい」

はいっ、と隆史はブラウスを受け取り、ベッドに置かれたままのジャケットも手にすると、クローゼットへと向かう。

由貴は隆史に目を向けることなく、黒のブラと紺のパンツだけになった女上司を見つめていた。

隆史が麗子の衣類をしまって戻ると、麗子は隆史を見つめつつ、両腕を背中にまわした。

「名波係長……」

麗子は隆史だけを見つめつつ、ブラのホックを外す。ブラカップがめくれ、たわわに実った乳房があらわれる。三十六の熟女ならではの、熟れ盛りのふくらみだ。

彼女の乳首が、ぷくっと勃っていくのがわかる。

そのまま麗子はパンツのサイドジッパーを下げ、パンツも脱ぎ落としてしまった。

ふたりの部下たちの前で、係長が自分からストリップをしている。

ブラと揃いの黒のパンティがあらわれる。メッシュになっていて、濃い目の恥毛が網目からはみ出ている。

エロすぎる眺めに、隆史はごくりと生唾《なまつば》を飲む。これが麗子とふたりきりだったら、こんなに興奮しなかっただろう。由貴の存在が大きかった。が、由貴の視線により昂ぶっているのは隆史ではなく、麗子の方に見えた。

麗子はパンツを足首から抜き、そして、パンティに手を掛ける。

企画部の部下たちの前で、麗子は最後の一枚も脱いでいった。

絖白い裸体がすべて露わとなった。股間の濃い目の陰りが、なんともそそる。

「先に失礼するわね」

と言うと、麗子は乳房も股間も隠すことなく、浴室に向かって行った。

2

麗子が姿を消すなり、由貴が、

「名波係長とエッチしているんですね」

と言った。

「近藤さん、私とした時は童貞だったんですよね」

「そ、そうだね」

「じゃあその後に、名波係長としたんですか」

「いや、してないよ」

「いいんですよ。だって名波係長、近藤さんとやっています、って私に堂々と宣言したようなものです」

そう言いつつ、ボブカットが似合う清楚系の美貌を寄せてくる。

「でも、私で童貞を卒業した途端、上司とやるなんて。近藤さん、すごいですね……」

そう言って彼女はさらに身体を擦り寄せてきた。

どうも麗子とやっていることを非難されている、ということではないようだ。むしろ尊敬されていた。

由貴がワイシャツのボタンを外しはじめる。

「なにしているんだい」

「だって、すぐに係長からお呼びがかかりますよ」

「えっ」

「背中を流してって」

由貴がワイシャツを脱がし、スラックスのベルトを外していると、浴室から、

「近藤くん。背中、流してもらえないかしら」

と麗子の声がした。

隆史は驚き、由貴を見る。

「当たったでしょう」

と言うなり、スラックスをブリーフといっしょに下げていく。すると弾けるように勃起させたペニスがあらわれた。

「すごいわ。名波係長のストリップ、エッチでしたものね」

白い指で反り返ったペニスを摑み、ぐいっとしごく。

「あっ……」

由貴がその場にひざまずいた。そしていきなり鎌首を咥え、そのまま根元まで呑み込んでいく。

「ああっ、吉高さんっ……な、なにを……」

「近藤くんっ、なにしているのかしらっ」

浴室から麗子の声がする。

由貴は根元まで咥えると、じゅるっと唾液を塗してくる。

「近藤くんっ」

じれた麗子の声がすると、由貴が頬張ったまま、隆史を見上げた。その目は小悪魔のような光を帯びていた。

由貴ほど清楚系の顔立ちに騙されてはいけない女は、いないのではないか。もとは童貞の隆史にしか興味がなかったのだろうが、美人上司と肉の関係があると知って、また隆史に興味を持ったのだろう。

由貴が唇を引いた。先端から付け根まで、肉棒が唾液でぬらぬらになっている。

「さあ、そのまま行って、近藤さん」

ぱんっと尻たぼを張り、由貴が急かした。

隆史は由貴の唾液まみれのペニスを弾ませつつ、裸で浴室に向かう。

脱衣場で由貴の唾液を拭おうとしたが、あえてそのままで、失礼します、と浴室のドアを開いていった。

「遅かったわ……ね……」

湯船に浸《つ》かっていた麗子が、勃起させたペニスが絖っているのに気づき、あら、という表情を見せた。

「吉高さんって、なにも知らないような顔して、エッチなのね」

そう言うなり、麗子が湯船から出てきた。女盛りの絖白い裸体がお湯を受けて、さらに色っぽく光っている。

隆史のペニスの角度があがる。

「あら、うれしいわ。私の裸を見て、反応してくれたのね」

洗い場に片膝をつくなり、部下の唾液がついたペニスにしゃぶりついてきた。うんっ、とうめきつつ、いきなり根元まで咥えこんでくる。

「ああっ、係長っ」

隆史は役職で呼ぶ。すると、麗子が唇を引き、うふふと笑う。

「麗子でいいわよ」

「はい、麗子さん」

見事に反り返っているペニスは、瞬く間に、由貴の唾液から麗子の唾液に塗り変わっている。

「背中、流してもらえるかしら」

「もちろんです」

と隆史はスポンジを手に取り、そこにボディソープを垂らしていく。

「なにしているの」

「いや、ソープを泡立てようと」

「まさか、私の肌にそんなスポンジを当てようと思っていないでしょうね」

と片膝立ちのままの麗子が、甘くにらんでくる。

「いいえっ、すいませんっ」

じかに触って洗っていいのかっ。じか洗いを許してくれるなんて、麗子は菩薩のようだ。

隆史は自分の手のひらにボディソープを出すと、泡立てていく。

麗子は背中を向けて、洗い場のタイルに正座をする。踵《かかと》に乗った尻たぼがなんともエロい。

麗子は長い髪をアップにまとめ、セクシーなうなじを見せつけている。なにより、ウエストのくびれから、むちっと盛り上がった双臀にかけてのラインが素晴らしかった。

「なにしているの」

「すいません。あまりにセクシーで、つい、見惚れてました」

「あら、お世辞も上手になったのね。吉高さんに教わったのかしら」

「由貴さんとは、いや、吉高さんとはなんでもないです」

「あら、そう」

失礼します、と隆史は女上司の背中に泡立てた手を乗せる。しっとりとした肌触りにドキリとする。ゆっくりと愛撫するように、華奢な背中全体に泡を広げていく。

そしてウエストから、むちっと盛り上がった双臀へと泡立てた手を下げ、尻たぼを開くと、奥まで指を入れていく。

「ケツの穴も、洗いますね、麗子係長」

わざと下品に言い、泡立てた指先で蟻の門渡りから菊の蕾《つぼみ》を撫でていく。

すると、はあっ、と火のため息を洩らし、麗子が踵に乗せた双臀をくなくなとくねらせる。尻たぼに、エロえくぼが浮き、そして消え、また浮き上がる。

あまりの色香に誘われ、隆史は尻の穴を指先でなぞりつつ、つい、うなじにキスしていく。

ぴくんと麗子の上半身が動く。

「そのまま、胸を洗って、近藤くん」

かすれた声で、麗子がそう言う。はい、とうなじにキスしたまま、両手を前へと伸ばしていく。すると、麗子が少し裸体をずらした。

正面に鏡があり、そこにもろに、麗子の裸体の背後から乳房を掴もうとしている隆史の姿が映った。

鏡は蒸気に包まれた洗い場でも、まったく曇っていない。そこだけ、妙にクリアで、生々しい。

麗子は鏡越しに見ていたが、隆史を見ているのではなく、自分の乳房を見ていた。

そのふくらみを背後より摑んでいく。

「あっ……」

麗子があごを反らした。五本の指をぐっとやわらかな肉に喰いこませていく。

「はあっ、あんっ」

隆史はねっとりと揉みしだいていく。隆史の手で、麗子の乳房が淫らに形を変えていくのがわかる。

「ああ、下も洗って……」

と麗子が言う。隆史は乳房から手を離すと、手のひらを麗子に向ける。麗子がボディソープの液体を、手のひらに出してくれる。白い粘液が手のひらに落ちていく。

麗子がザーメンを垂らしているみたいだ。

隆史は麗子の胸元で泡立て、右手は再び乳房に、左手はお腹から股間に向けて泡まみれの手を這わせていく。

「あ、あんっ……」

麗子は部下の手で泡まみれになっていく自分の姿を、潤ませた瞳で見つめている。

左手が股間に向かう。お湯を吸って濃い目の恥毛がべったりと貼り付いている。ますますそこだけエロい。そこに泡を塗していく。指先がクリトリスに触れる。

軽く触れただけなのに、はあっんっ、と麗子は甲高い声をあげて、踵に乗せた双臀をうねらせる。

「おま×こ、洗いますか」

とわざと聞く。

「はあっ、洗って……ああ、一番、汚れているの……」

「どうして、汚れているんですか」

「だって……勝手に濡れるの」

「設営しながら濡らしていたんですか」

「ああ……なんか、近藤くんを見ると……勝手に濡れるの……」

「ヘンタイな係長なんですね」

「そうよ……わざと終電を逃す、ヘンタイ係長よっ」

「吉高さんがついてきましたけど、いいんですか」

「いいわ……ああ、洗って、はやく、汚れたおま×こ、綺麗にして」

隆史は乳房を揉みつつ、泡を塗した指先をおんなの穴に入れた。

「あんっ」

麗子の媚肉はどろどろだった。そこを泡まみれの指先で、掻き回していく。

「あ、ああっ……そんなことしちゃ……ああ、だめよ……も、もっと汚れるでしょう……あ、ああうっ、私は……おま×こ、洗って欲しいのよっ、近藤くんっ」

わかりました、ともう一本、中指も麗子の穴に入れていく。そして、二本の指でさらに掻き回していく。

「あ、ああっ……だめ、だめ……」

麗子は自分の裸体を見つめている。

「洗うの、止めて……」

「どうしたんですか。洗って欲しいんでしょう」

二本の指を奥まで入れつつ、隆史がそう言う。

「だ、だめ……いきそうなの……」

「えっ、おま×こ洗っているだけで、いくっていうんですか」

隆史は二本の指の動きを激しくした。ぴちゃぴちゃと股間から淫らな蜜音が立ちはじめる。

「あ、ああっ、だめだめ、洗わないでっ。あ、ああっ、い、いきそうなの」

「こんなことで、いったらだめですよ」

と言いつつ、二本の指を激しく前後に動かしはじめた。

「だめだめ……あ、ああっ……い、いく……」

と麗子が短く告げて、泡まみれの裸体をがくがくと痙攣させた。

隆史の指はくいくい締め上げられ、あらたな愛液が出てくる。

麗子は、はあはあ、と荒い息を吐きつつ、いったばかりの自分の姿を見つめている。

その瞳が少し大きく開いた。浴室の磨りガラスドアが開かれたのだ。

3

「私もごいっしょさせてもらっていいですか」

と言いつつ、由貴が平然と浴室に入ってきた。鏡に映っている由貴はもちろん一糸もまとっていない。

麗子の熟れた裸体とは違い、瑞々しい若さに満ちた裸体である。なにより、剝き出しの割れ目に目が向く。

麗子のおま×こがきゅきゅっと締まった。

隆史はそれで、麗子の中に指を入れたままでいることに気づき、あわてて抜く。

洗い場は狭くはなかったが、広くもない。三人だとどちらを見ても、女体が迫っている。正面からは石けんの匂いがするが、背後からは由貴の汗の匂いがする。

「私が近藤さんのお背中、洗ってあげますね」

ボディソープを貸してください、と隆史の背後から由貴の白い腕が伸びてくる。まだアクメの余韻に浸っている麗子がボディソープのボトルを取り、由貴に渡した。

由貴が入ってきても、麗子はなにも言わなかった。予想していたようだ。

背中に由貴の手を感じ、隆史はぞくっとして、思わず、ひいっと声をあげる。

由貴が手のひらを押しつけ、背中を撫でるようにして洗ってくる。

「ああ、もっとおま×こ洗って、近藤くん」

と麗子が言い、驚くことに立ち上がると、こちらに裸体を向けてきた。

「れ、麗子さん……」

由貴がいたが、思わず、名前だけで呼んでしまう。

しゃがんでいる隆史の目の前に、麗子の恥部が迫る。べったりと貼り付いたままの恥毛がいやらしい。濃いだけに、そこだけ目立つ。

由貴の手が臀部に下がった。尻の狭間をすうっと撫でられる。また不意をつかれ、

「ひいっ」

と素っ頓狂な声をあげてしまう。

「洗って、近藤くん」

は、はい、と隆史は手のひらでボディソープ泡立てると、失礼します、と恥毛を梳き分けていく。すると割れ目があらわれ、それを開くと、真っ赤に発情した媚肉があらわれた。

それをもろに見たのか、由貴の手が止まった。はあっ、と隆史の耳元に熱い吐息を吹きかけてくる。

目の前に麗子係長の発情した媚肉、背後からは後輩の由貴に尻の狭間を撫でられている。

隆史は泡立てた指を、あらためて麗子の中に入れていく。と同時に、背後からペニスを摑まれた。

あうっ、という麗子の声と、ううっ、という隆史のうめき声が重なる。

由貴は泡立てた両手でペニスを摑み、ひねるようにして洗ってくる。

「ああっ、由貴ちゃんっ」

とこちらも思わず、名前で呼んでしまう。

「はあっ……手が遊んでいるわよ、近藤くん……ああ、しっかり、おま×こ洗って」

はい、と腰をくねらせつつ、もう一本ぬかるみに指を入れる。そして泡まみれの二本の指で肉の襞をめくるようにして、洗っていく。

「はあっ、ああ、あんっ」

麗子の腰もくねってくる。

由貴の存在が間違いなく強烈な刺激となっているようだ。

「あ、あああっ、指じゃいや……おち×ぽで、そのおち×ぽで洗って、近藤くん」

火の息を吐くように、麗子がそう言う。

「ち、ち×ぽで洗う……」

「入れるのよ、近藤さん」

と背後にしゃがんでいる由貴が耳元で囁く。そして、ボディソープをどろりとペニスに大量に垂らすと、両手の平を使って泡立ててくる。

「あっ、ああっ」

ソープまみれの手コキに、隆史は腰をくねらせ続ける。

「おち×ぽで、洗って、近藤くん」

「はいっ、洗わせて頂きます」

と言うと、隆史は立ち上がり、正面から抱きつくようにして、ペニスを割れ目に当てていった。一発目は外したが、麗子がすぐに鎌首に手を添え、ずぶりと入ってゆく。

「あうっ」

と麗子と隆史が同時に声をあげた。隆史はずぶずぶと真正面からえぐっていく。

「ああ、すごく熱いです、麗子さん」

「洗うのよ……おち×ぽで奥まで洗うのっ」

はい、と隆史は泡まみれのペニスを前後に動かしはじめる。割れ目から抜け出た肉棒は、はやくも泡が無くなり、愛液に塗り変わっている。

すると、真横に移動した由貴が、またも肉茎に泡を塗してきた。

泡まみれに戻ったペニスで肉壺をふたたび犯す。

「あうっ、ううっ」

麗子が強く抱きついてくる。たわわな乳房が、ぐりぐりと隆史の胸板に押しつけられるのが心地いい。

「ああ、由貴も洗って欲しいです、近藤さん」

と言うと、由貴も立ち上がった。

隆史はどうしていいのか困った。由貴のおま×こを洗うには、麗子の中からち×ぽを抜かなくてはならない。抜いて、麗子の前で由貴に入れなければならない。そんなことが出来るのか。

とりあえず、左手の指先に泡をつけて、由貴の剝き出しの割れ目に向ける。麗子をち×ぽで突いたまま、由貴の割れ目の中に指を入れていく。

「あぁっ」

と声をあげたのは麗子の方だ。由貴の中に指を入れた途端、強烈におま×こが締まってきた。由貴の媚肉も、すでにぐしょぐしょだ。

「はあっ、由貴のおま×こ、どうですか」

「洗わないとだめだな」

奥までまさぐりつつ、隆史はそう言う。

「じゃあ、由貴のおま×こも、近藤さんのおち×ぽで、洗ってくださいっ」

由貴の媚肉も麗子に負けじと、くいくい締めてくる。

なんてことだ。N文具の熟女と若手を代表する美女ふたりに、ち×ぽを欲しがられているのだ。残念ながらち×ぽは一本しかない。そして入れていい穴はふたつある。どちらも極上だ。

隆史は麗子のおんなの穴からペニスを抜こうとする。すると、

「だめっ」

と麗子がさらにおま×こを締め、乳房がつぶれんばかりに抱きしめてくる。隆史は

由貴の媚肉を人差し指でいじりつつ、うなる。

「名波係長ばっかり洗うなんて、いやですっ。近藤さん、由貴のこと嫌いですかっ」

嫌いなわけがない。好きだ。大好きだ。でも麗子もたまらなく好きだし、彼女と繋がりながら好きだと言っても、まったく説得力がない。

「あっ、ああ……吉高さんは自分で洗いなさい」

繋がった股間をまわしつつ、麗子がそう言う。

「そんな……」

由貴が泣きそうな表情を浮かべる。美人ゆえに、そんな顔もまたそそる。

「ああっ、また、大きくなったわ……あ、ああ……吉高さんの泣きそうな顔に興奮したのかしら」

「そうなんですか、近藤さんっ」

ひどいです、と由貴が大きな瞳に涙を浮かべる。なんてことだ。N文具一のマドンナが隆史のち×ぽを欲しがって、涙を流しているのだ。

「あうっ、すごいっ、おち×ぽっ」

と麗子の甲高い声が浴室に響く。

隆史は無性に由貴に入れたくなった。由貴のおま×こにぶちこみたくなった。

「失礼しますっ、係長っ」

と言うなり、麗子のおま×こからペニスを抜こうとする。すると、だめっ、と両手を隆史の背中にまわしてくる。

「近藤さん、由貴のおま×こも……ああ、洗ってください」

由貴が剝き出しの花唇に指を添え、開きはじめた。

隆史の視界に、ピンク色の花園が映る。それは愛液にまみれ、じわっと濃く色づいていく。もう限界だった。

「由貴っ」

と叫ぶなり、隆史は麗子のおんなの穴からペニスを引き抜いた。そして麗子の裸体を押しやると、すぐさま、由貴のスレンダーな裸体に抱きついていく。

麗子がよろめく隣で、Ｎ文具のマドンナと立ったまま、正面から繫がっていく。

「ああっ、大きいっ」

由貴もすぐさま、隆史にしがみついてきた。若さが詰まったバストを胸板に押しつけ、股間もぐりぐりと動かしてくる。

「あっ、ああっ、クリも……ああ、おま×こも、クリもいいのっ」

キスしてください、と唇を寄せてくる。隆史は麗子の真横で、由貴と口を重ね、舌をからませていく。

「近藤くん……」

麗子の視線が痛い。麗子と付き合っているわけではないが、浮気をしているような後ろめたさと、不倫をしているような背徳感を同時に覚える。

それは頭の中で劣情の血が沸騰するようなエキサイティングな興奮に繋がる。

隆史は血の昂ぶりをぶつけるように、麗子の前で由貴のおま×こを激しく突いていく。

「いい、いい、いいっ……ああ、すごいっ、あああ、童貞だったなんて……ああ、信じられないっ……ああ、すごいっ、どれだけ、名波係長としたんですかっ」

「一度だけだよ」

「うそ、うそっ……あ、ああっ、いいっ」

感じすぎて、立っていられなくなったのか、由貴ががくっと膝を折った。由貴の中からペニスが弾け出る。当然のことながら、麗子の愛液から由貴の愛液に塗り変わっている。

すると、麗子がひくつくペニスをボディソープまみれの手で包んできた。ペニスが白く絖り、彼女は泡立てるようにしごいてくる。

「あっ、ああっ、それっ」

由貴の媚肉から出したばかりのペニスを泡でぬるぬるの手でしごかれ、隆史はあらたな快感に腰を震わせる。

「もっと洗って」

そう言うなり、麗子が背中をこちらに向けた。鏡に両手をつき、あぶらの乗り切った双臀を差し出してくる。

ちょうど膝をついた由貴の美貌の前だ。

隆史は麗子の尻たぼを摑み、今度は由貴の目の前で、麗子を立ちバックで突き刺していく。

「いいっ！」

一撃で、麗子が歓喜の声をあげる。

「ああ、また汚れていますよ、係長のおま×こ」

「洗ってっ、ああ、たくさん洗ってっ」

わかりました、とずどんずどんと突いていく。

「いいい、いいっ、いいっ……もっとっ、もっと激しく洗ってて、近藤くんっ」

隆史は由貴に見せつけるように、勢いをつけて麗子のおま×こを突きまくる。

「いい、いいっ、もう、もういきそう……ああ、もういきそうなのっ」

隆史以上に、麗子の方が部下の前でのエッチに興奮しているようだった。

「ああ、ああ、出そうですっ」

「出していいわっ。いっしょにいきましょうっ」

「だめっ、出してはだめっ。おま×こ、洗っているんでしょう。汚しちゃだめっ」

と由貴が叫ぶ中、麗子のおま×こが強烈に締まった。

「出ますっ」

と叫び、隆史の方が先にいく。どくどく、どくどくと今夜も勢いよく、麗子の中で噴射する。

「あっ、いく……いくいく、いくうっ」

麗子は自分の裸体が映る鏡にぺたっと両手をついたまま、がくんがくんと繋がっている下半身を動かした。

4

大量のザーメンと共に、ペニスが麗子の穴から抜けると、すぐさま由貴がしゃぶりついてきた。

「あっ、由貴ちゃんっ」

「うんっ、うっんっ、うんっ」

悩ましい吐息を洩らしつつ、根元からじゅるじゅると吸ってくる。

麗子の方は中出しを受けた臀部を、そのまま突き出したままだ。割れ目が鎌首の形に開いたままで、そこからザーメンが垂れ落ちている。

下を見れば、由貴のお掃除フェラ、前を見れば、白く染まった麗子の媚肉。

幸せすぎて、隆史は怖い。おそらく、この瞬間が人生最大のモテ期だと思った。これ以上のことが、俺に起こるとは思えない。

それならば、この幸せを思う存分楽しまないと。

「う、うう……」

根元まで咥えたままの由貴がうめく。

「ああ、おま×こ、洗って……」

とお尻を突き出したまま、麗子がかすれた声で言う。

「まだち×ぽ、小さいです」

と隆史が答えると、

「ち×ぽじゃないわ。手で洗って……」

と麗子が言い、閉じつつある割れ目からどろりとザーメンがあふれてくる。いったいどれだけ注ぎ込んだのか。

隆史は由貴にお掃除フェラをさせつつ、ボディソープを手のひらで泡立て、そして二本の指を、まだ絶頂の余韻の残る媚肉に入れる。

「あおぉんんっ」

麗子の媚肉がきゅきゅきゅっと締まる。

「ああ、吉高さんも、おま×こ、洗ってもらいなさい」

と麗子が言い、はい、と由貴が唇を引く。すると半勃ちまで復活したペニスがあらわれる。

まだそこがびんびんではないのを見て、由貴も立ち上がり、こちらは剝き出しの恥部を向けてくる。

右手が麗子のおま×こで塞がっている隆史は、開いて、と由貴に言う。

由貴は言われるまま、指を割れ目に添えると大きくくつろげていった。再び、N文具のマドンナの花園があらわれる。

隆史は泡まみれの左手の指を、由貴の中に正面から入れていく。

「あうっ」

由貴のおま×こも燃えるように熱い。

右手で麗子の蜜壺《みつつぼ》を、左手で由貴のおんなの穴を洗っていく。

「はあっ、ああ」

「あんっ、やんっ」

石けんの泡を塗してもすぐにあらたな愛液で汚れていく。

「おま×この汁がずっと出ていて、キリがないですね」

「ああ、もうお風呂を出ましょう。なんか、のぼせてきたわ」

麗子はシャワーのコックを摑むと、股間に当てて、お湯の蛇口をひねった。勢いよく水流が噴き出し、麗子の媚肉を直撃する。

「あ、ああ……ああ」

麗子は火の喘ぎを吐きつつ、しばらく当てると、さっと引いた。

ザーメンと泡にまみれていた媚肉が、ふたたび美しい紅サーモン色に戻っている。

「吉高さんも洗うといいわ」

と言って、麗子は由貴にシャワーのコックを渡し、先に浴室を出て行った。

ふたりきりになって、ペニスの挿入を求められるかと思ったが、まったくそんなことはなく、麗子と同様にシャワーで愛液を洗い流した由貴は「お先に」と浴室から出て行った。

由貴は麗子がいるから興奮しているのであって、隆史とふたりだけだと発情しないようだ。

隆史もペニスにシャワーを掛けて、浴室を出る。バスタオルで裸体を拭《ふ》きつつ、部屋に戻ると、目を丸くさせた。

三つ並んだベッドの真ん中で、麗子と由貴がシックスナインに耽《ふけ》っていたのだ。麗子が仰向けに寝て、逆向きになった由貴が麗子に覆い被さっている。

由貴の臀部がこちらを向き、麗子の指で開かれた割れ目に麗子の舌が出入りしていた。

隆史のペニスは瞬時に鋼となった。

麗子のピンクの舌が出入りしている由貴の媚肉は、きらきらとあらたな蜜で光っている。

「はあっ、ああ……名波係長……」

由貴の甘い声が部屋に流れている。

「あら、もう大きくさせたのね」

麗子が隆史の勃起に気付くと、媚肉から舌を引き、ぱしっと部下の尻たぼを張る。

由貴はあんっと甘い声をあげつつ、シックスナインの形を解き、麗子と並んで仰向けになる。

どうやら隆史を勃たせるためだけで、女上司と部下によるシックスナインを演じていたようだ。

「さあ、どっちに入れるかしら」

と麗子が聞く。

そして、両足を自分の両腕で抱えると、引き上げていく。自らまんぐり返しの形を見せる。

「ああ、麗子係長」

隆史は濃い目の陰りからのぞく赤い媚肉に誘われ、ベッドに上がると、そこに顔を寄せていく。シャワーでたっぷり洗ったはずなのに、すでに、そこから牝の性臭が立ち昇ってきている。

隆史は顔面をまんぐり返しの恥部に押しつけ、べろべろと赤い媚肉を舐めはじめる。

すると、隣で、由貴も自らの太腿を両手で抱き、まんぐり返しのポーズを取るのが目の端に映った。

すうっと通った割れ目を、由貴は自らの指で開いていく。こちらは可憐なピンクに戻っていた。が、そこから、隆史を引き寄せるような牝の匂いが漂いはじめる。

清楚系なのに淫らな、由貴そのものの花園の匂いだ。

隆史は思わず、そちらに誘われ、麗子の媚肉から顔を上げる。そして、由貴の花園に顔を向けていく。

「あら……若い子のおま×この匂いが好きなのね」

と麗子が言う。

「いいえ、違いますっ」

由貴の花園に顔を押しつけようとした隆史は、麗子の媚肉に戻り、顔をぐりぐりと押しつけていく。

「あ、ああっ」

麗子が甲高い声をあげる。きっと由貴に聞かせるためだ。おま×こでも負けていないわよ、と宣言しているのだ。シックスナインをしつつ争うのが女心なんだろうか。

隆史にはわからない。

「近藤さん……由貴のおま×こ、嫌いですか」

と由貴が半泣きのような声で聞いてくる。割れ目は開いたままで、麗子のおま×こを舐めつつ隣を見ると、幾重《いくえ》にも連なった肉の襞がざわざわと誘っていた。なにより、清楚系でありながらの発情した匂いがそそる。

隆史はまた、麗子の股間から顔を上げ、今度はすぐさま、由貴の花園に顔を埋めていった。

「あっ、ああ……うれしいです……」

愛液がにじんだ肉の襞が、隆史の鼻を包んでくる。

石けんの香りを掻き消すような牝の性臭に、隆史はくらくらする。熟れた麗子の匂い。清楚でありつつ淫らな由貴の匂い。

交互に嗅ぎ続けるうちに、入れたくなる。

由貴の股間から顔をあげるなり、隆史は肉の矛先を剝き出しの割れ目に当てた。

「ああっ、くださいっ」

と由貴が欲しがる中、ずぶりと垂直に入れていく。

両手で膝を抱えたまま、由貴が汗をにじませた裸体を震わせる。

「あうっ、ううっ」

隆史は数回ペニスを上下させるなり、すぐさま抜くと、鎌首を麗子の割れ目に向ける。漆黒の草叢の奥で、真っ赤に息づいているおんなの粘膜を突き刺していく。

「ああっ、いいっ」

麗子も太腿を抱えたままの裸体をぶるぶる震わせる。こちらのおま×こも数度突くと、引き抜いていく。

「あっ、どうして……」

となじるような目を向ける麗子を見つめつつ、隆史は由貴のおま×こに戻る。

「ああっ、いいっ……由貴のおま×こ、好きですかっ、近藤さんっ」

「あ、ああ、す、好きだよ」

「じゃあ、ずっと、ずっと由貴に入れていてくださいっ」

と言って、おま×こ全体で、くいくいと隆史のペニスを締め付けてくる。

隆史は、ううっとうなりつつも、由貴の中からペニスを引き抜き、麗子を貫いた。

うそっ、という由貴の声を、いいっ、という麗子の歓喜の声が掻き消す。

隆史はずどんずどんと、麗子の媚肉にペニスを打ち込んでいく。

「ああっ、麗子のおま×こ、好きよねっ、近藤くんっ」

「好きですっ、麗子係長っ」

「えっ、由貴のおま×こが好きですよねっ」

と由貴が叫ぶ。その声を聞き、隆史は麗子の蜜壺から素早くペニスを抜き、由貴の中にぶちこんでいく。

「いいっ、おち×ぽ、いいっ」

「こっちのおま×こでしょうっ、近藤くんっ」

隆史は麗子のおま×こも由貴のおま×こも好きだった。どちらかひとつには決められなかった。

この三十年もの間、ひとつのおま×こにもまったく縁がなかったのに、今、ふたつのおま×こが隆史を欲しがっている。

隆史は幸せに浸りつつ、麗子のおま×こと由貴のおま×こを交互に突いていく。するとどちらの穴も、私の方で出させるというかのように、強烈に締めはじめた。

「ああっ、出そうだ」

由貴を突いている時、隆史がそう呻《うめ》くと、

「このままくださいっ」

と由貴が叫び、同時に麗子が、私の中で出しなさいっ、と上司命令を下してくる。

「はいっ、麗子係長っ」

と部下体質の隆史は反射的に由貴から抜き、麗子の穴に入れていく。

「ああっ、このまま出すのよっ」

「はいっ」

「だめだめっ、今度は由貴にくださいっ。続けて、名波係長だなんて、由貴いやですっ」

確かに、一発めは浴室の立ちバックで麗子に出しているから、二発目は由貴の番にすべきだ。しかし、そんなことは麗子に通用しそうにない。由貴がいっしょに泊まることをゆるしたのは、こういうことなのだ。まだまだN文具のマドンナには負けない、と身体で示したかったからなのだ。

さすが、麗子係長だ。絶対に私の中に出させると、隆史のペニスをおま×こ全部で咥えこんでいる。

「ううっ、出そうです」

「出してっ」

「だめっ、由貴のこと、嫌いなんですねっ」

「ああ、好きだよっ、由貴ちゃんっ」

と叫びつつ、隆史は熟女上司の強烈な締め付けに耐えきれず、おうっ、と吠えると、出していった。

「あっ、いく……いくいくっ」

またも、麗子が由貴の隣で隆史のザーメンを子宮に浴びて、アクメを迎えた。

5

翌日から始まった五日間の文具博は、盛況のうちに終了した。

打ち上げは会場近くの居酒屋で行われ、すでに二次会も終わろうとしている。もうすぐ終電の時間で、次々と失礼します、と社員たちが抜けていく。

「近藤くん。三次会に付き合ってくれるわよね」

トイレのために中座した隆史が出てくるなり、ドアの前で待ちかまえていた麗子が、スラックスのフロントをなぞりつつ聞いてくる。

「三次会ですか……。でも、もう終電が……」

近いです、と言おうとした口を、麗子が唇でふさいできた。トイレの前で股間を撫でつつ、舌をからめてくる。

「なにか、言ったかしら」

「いいえっ、三次会、お付き合いさせて頂きます」

ホテルは取ってあるわ、と耳元で囁き、麗子はトイレに消えた。

フロアに戻ると、すでに由貴を入れて二人の社員しか残っていなかった。

「あの、終電が近いので、お先に失礼していいですか」

と由貴と同期の女子社員が言う。

「いいよ。係長には僕から言っておくから」

「おねがいします」

と頭を下げ、彼女は由貴に、いっしょに帰ろう、と誘った。

由貴は隆史を見つめながら、

「私はもう少しいるから」

と言った。

「でも、終電間に合わなくなるよ」

「大丈夫……」

「えー本当に？　あっ、でも私、もう行かないと。お先にっ」

怪訝そうにしていた女子社員だったが、時計を見てあわてて駆けだしていく。

フロアに、由貴とふたりだけになった。店員は厨房に引っ込んでいる。

「三次会、あるんでしょう」

と由貴が言い、隆史の隣に移動してくる。座敷であぐらを掻いている隆史の股間をすうっと撫でてくる。

「あっ」

「あら、大きいわ。トイレで名波係長としたのね」

「してないよっ」

「うそ……」

隆史を見つめる由貴の瞳は濡れている。終電が間近な居酒屋の中は、すっかりがらんとなっていた。

そんな中、由貴が大胆にもスラックスのジッパーを下げはじめる。

「な、なにを……」

するりと二本の指が忍んできて、ブリーフの脇から指を入れてくる。

由貴にペニスをじかに触られていると、麗子がトイレから戻ってきた。

「あら、みんな帰ったのかしら」

「はい。終電がもうすぐ出るので」

「吉高さん。終電よ」

と麗子が言う。

「そうですね」

と言いつつ、じかに鎌首を撫ではじめる。

「あう、うう……」

「近藤くん、どうしたのかしら」

「い、いいえ……」

麗子が座敷に上がってくる。そして隆史の左隣に座った。すぐさま、股間に手を伸ばしてくるが、そこにはすでに由貴の手があった。

「あら、そういうことね」

そこで手を引く麗子ではない。さらにジッパーを下げ、二本の指を忍ばせてくる。由貴と競うようにして、ブリーフの反対側から指を入れてきた。鎌首を由貴が撫でているため、裏筋をなぞってくる。

「あっ、あんっ」

隆史は女のような声をあげてしまう。座敷で一人だけ腰をくねらせている。

「我慢汁が出てきました」

と由貴が言う。それを潤滑油代わりにして撫でるため、さらに快感が湧いてくる。

「ああ、あんっ、あんっ」

と腰をくねらせ続けていると、店員が近寄ってきた。すると、さっと由貴と麗子がスラックスから手を引く。

隆史が股間のファスナーを下げたまま、間抜けな顔を晒している。

「あの、ラストオーダーになりますけど」

と若い男の店員が聞いてきた。麗子と由貴。ふたりの美女に挟まれている隆史をうらやましそうに見つめる。

会計のために麗子が立ち上がり、男の店員と共に彼女がレジへと向かうと、由貴が隆史のあごを摘まみ、自分の方を向かせてキスしてきた。

ぬらりとした舌の感触に、暴発しそうになったが、ぎりぎり耐える。

「三次会はどこですか」

「ホテルを取ってあるらしい」

「今夜は、由貴に中出ししてくださいね、近藤さん」

そう言って、また、ブリーフ越しに先端を撫でてくる。

「あっ、ああ……」

思わず出そうになり、隆史は腰を引く。

「ありがとうございましたっ」

とレジの方から男の店員の声がする。麗子がこちらを見る。すると、由貴がまた、キスを仕掛けてきた。

隆史は麗子を見ながら、由貴と舌をからめつつ、大量の我慢汁を出していた。

居酒屋から出て数分のところに、麗子が取ってあるホテルがあった。

取ってあるのはまたもツインだ。エキストラベッドをご用意しましょうか、とフロントが聞いたが、麗子はけっこうです、と言った。

前回は結局エキストラベッドを使わなかったのだ。隆史は麗子のベッドと由貴のベッドを行き来して、朝まで過ごしていた。今夜も恐らくそうなるだろう。

エレベーターに乗ると、

「今夜も私だけに中出ししなさい」

と麗子が言い、

「今夜こそ由貴だけに中出ししてください」

と由貴が言ってきた。

左右からスラックス越しのペニスを摑まれ、暴発を我慢しつつ、隆史はあぶら汗を浮かべていた。

（了）

※本作品はフィクションです。作品内に登場する
団体、人物、地域等は実在のものとは関係ありません。

ときめきの終電逃し《しゅうでんのが》

〈書き下ろし長編官能小説〉

2020年5月18日初版第一刷発行

著者……………………………………………八神淳一

デザイン………………………………………小林厚二

発行人…………………………………………後藤明信
発行所…………………………………株式会社竹書房
〒102-0072　東京都千代田区飯田橋2－7－3
電　話：03-3264-1576（代表）
03-3234-6301（編集）
竹書房ホームページ　http://www.takeshobo.co.jp
印刷所…………………………中央精版印刷株式会社

定価はカバーに表示してあります。
乱丁・落丁の場合は当社までお問い合わせください。
ISBN978-4-8019-2273-0 C0193

好評既刊

長編官能小説
まぐわいウォーミングアップ
梶 怜紀 著

エッチすると試合に勝てると噂される青年は、美人アスリートたちから次々に誘惑されて…!? 誘惑ロマン長編。

660円＋税

長編官能小説
なまめきメダリスト
美野 晶 著

雑誌企画で元メダリストの新体操選手を探す若手記者は関係者の美人選手たちに誘惑される。肉体美ロマン！

660円＋税

次回刊行案内

書き下ろし長編官能小説
つゆだくお届け便
鷹澤フブキ 著

女流作家が描く、宅配誘惑ロマン！
令和2年6月8日発売予定!!

食事と快楽をお届けしてくれるのは淫らな熟女

660円＋税